女《おんな》模《も》様《よう》

藤咲 和子
Fujisaki Kazuko

文芸社

女模様　目次

夕焼け

見上げた空は瞳に痛いほどの青さだった。ぼろぼろとこぼれ落ちる涙は、生まれて二十八日めの赤子に飲ませる哺乳びんをぬるぬると濡らした。小さなやわらかい唇は母親の乳首に吸いつくように、哺乳びんの口をすっぽりと吸い込み、生きようとしている。

（わたしはあなたのママではないのよ）

心の中で叫ぶ加奈の胸に小さい鼓動は何のためらいもなく伝わってくる。

「子供が出来た。育てて欲しい」

夫・貢からの言葉はそれだけだった。姑ハルは、

「貢は子供を産ませられる。あんたが産めない体だったのね」

と、言った。

あれほど、親に反対されても「加奈、僕は君だけだよ」と、言った貢の言葉から二年の年月が流れていた。

「病院に行って、わたし、子供が産めるようにしたい」

何回も言った加奈の言葉は聞かれることなく貢は外に女性をつくり、子供が出来たのである。小さな顔にふさふさとした髪、丸い大きな目、うすい唇。赤子は貢に似てるところなどどこにもなかった。

「やっぱり相手の女に似るものよね」

見に来た友人のマリ子は、ぽつりと言った。

まるで時計のように四時間おきにミルクを求め泣く赤子に、昼間はともかく夜はうんざりさせられた。姑も夫もおむつひとつ替えることさえせず加奈にまかせきり。赤子に追われ通しの忙しさに加奈のイライラはつのり、やわらかい赤子のお尻を思いきり叩きたくなる。真っ赤な顔をして泣き叫んでも、わざと意地悪をして知らん顔をし、泣かせておくことが加奈にとっては、貢とこの赤子の生みの親への復讐でもあった。ゆっくりとまずは化粧をしてからおむつを取り替える。泣きやんだ赤子は思いきり体を伸ばし、足をばたばたさせて喜ぶ姿はまさに、『わたしの勝ちよ』と言っているように加奈には見えた。小さな口が哺乳びんをしっかりくわえてミルクをどくんどくんと飲む。お腹いっぱいになると勝利者のように口をゆがめ、にっこりと笑ってすやすやと眠るのである。

名前は貢がみのりとつけた。

「相手の女性にはお金をやり、別れた。それで終りだ」

貢の言葉を加奈は信じさせられた。みのりの小さい手が加奈の手をしっかり握り、『お願いね』と言っているかのように思えたからだった。

姑ハルは雨の日以外はよく友人の家や買物に出歩いていた。

「口やかましい父が亡くなって七回忌も終り、ほっとして出歩いているのだから、そのほうが君にとってもいいことだと思うよ」

貢の言葉通りだと加奈は思っていた。毎日自分の食べたい物を買って来て加奈に料理を頼む。嫁に来てからの加奈は毎日ハルの好物をつくり、自分の食べたい物はいったい何だったのかしら、と思うようになっていた。

貢は兄の会社に勤め、役員になっているので結構な給料をもらい、加奈が働かなくても普通の生活は出来た。ハルは、

「長男の嫁はあまりにも良家から来たからお上品すぎて一緒に住めないのよ」

と、口ぐせのように他人に言うので、加奈は良家でない家の娘と、ハルの知人は理解していた。

「嫁は貧乏な家からもらえという諺通り、あなたは幸せよ」

と、誰もが言った。

加奈は青森で生まれ、栃木県に母とふたりで越して来た。幼い頃の津軽三味線の音色は今でも耳に残っている。あのたとえようのない悲しい音色を聞くたびに父の酒びんを転がす音と、悲しそうな母の顔を思い出す。やがて母の右目の上に青あざが出来た朝、五歳の加奈は母に手を引かれ、トラックに乗せられて来たのが栃木県だった。夏の終りが近づくと、カナカナと、ひぐらしが鳴く、その声が加奈は好きだったけれど、小学校時代は、

「カナカナ鳴いてるぞ」

と、冬でもからかわれた。

「加奈ちゃんが可愛いからよ」

唯一の親友マリ子は、いつも慰めてくれた。母は暗くなるまで働いた。小さなアパートでも母とふたり暮らしは楽しかった。わたしも高校を卒業したら働いて母を助けよう。加奈は高校を卒業するとすぐ就職した。そして二十二歳で貢に見そめられ愛され、結婚したのである。

みのりとふたりきりの加奈は、日を増すごとにみのりの可愛さが加奈自身の喜びになっていくのが不思議に思えた。小さなやわらかい唇、加奈の姿を追うつぶらな瞳は信じ切っ

た美しい光に満ちている。這い這いからつかまり立ち、そして歩いた時の加奈の喜びは、我が子と同じになっていた。

「ママ」

と、みのりが加奈を呼んだ時は、「みのりちゃん」と言って抱きしめたのである。

忙しい日々の連続の中、みのりは三歳になっていた。

「みのりちゃんの三歳のお祝いをしなくてはね」

汗だくの夏も終り十月に入るとハルは早速みのりの三歳の祝着を呉服店に頼み、

「ママも和服を着てちょうだい」

と、言った。加奈は働いていた独身時代、嫁に来る時は何にでも役立つ無地の着物と帯、喪服夏冬一式と留袖だけを誂《あつら》え、そして持って来た。あのうすいオレンジ色の無地を着よう、お祝着に着飾った可愛いみのりちゃんと一緒に写真を撮り、本当の親子になるのだと思うと、自分が産んだ子ではなくても、育てた甲斐はあったのだと思った。

幼稚園では進んで役員になり、運動会にはみのりと手をつないで遊戯をした。貢とハルはそんな姿を見て安心するというより産めない子供を与えてやったと思っているかのように、貢は、

「みのりはどうしてママが一番好きなのかな?」

と聞き、ハルは、

「みのりちゃんの目はママそっくりだね」

と、言った。そうよ、みのりはわたしが苦労して育てたんですもの、目だって口だってわたしにそっくり、それに動作まで。加奈は年ごとに育ての親としての自信に満ちていったのである。みのりもまた母親の愛情を全身に受けて、素直に育っていったのである。そんな加奈の幸せそうな生活を喜んで、加奈の母親は突然この世を去っていった。酒乱の夫を持ち、加奈が五歳の時、母親は離婚をし、女手ひとつで加奈を育てて来た。片親なのに良縁に恵まれて、と貢に感謝をし、貢との子供が出来ない加奈が貢が他の女性に産ませた子を育てているのを、産みの親より育ての親という言葉があるのだから頑張ってと励ましていた。

「お母さん、どうして突然逝っちゃったの」

加奈は悲しみに泣きくずれた。乾燥しきった寒い日が続いた冬の日だった。

「ママ泣かないで。おばあちゃんは遠いお空のお星様になってママとみのりを、いつでも見守っていてくれるのよ」

加奈をけんめいに慰めるみのりは八歳になっていた。

母の死後、加奈の心は癒えることのない日々が続いた。四十九日忌も過ぎ芽吹きの季節になり初彼岸が終っても母との思い出ばかりがよみがえり、どうしようもない毎日が続いた。貢の帰宅は前より増して遅くなった。加奈はこれではいけないと思い、努めて明るくしようと努力した。加奈は、みのりの学校のPTA活動に参加したり、宿題を見たり……。ふとふり返ってみると貢との夫婦生活は二年間もなかったのである。


「加奈さん、わたしがここに置いたお財布取ったでしょう？」

毎日しとしとと長雨の日が続き、あじさいの花だけが笑うように咲いていた。突然のハルの言葉に加奈は驚いた。

「いいえ、ここにお母さんのお財布はありませんでしたよ」

「うそつき。わたし確かにここに置いたの。全く貧乏な家の娘はこれだから困る」

「そんな、お母さんひどすぎます」

と、言った加奈は、全身に水を浴びたような寒気を感じた。もしかしたら姑はボケの始まりでは？　朝食が済んで一時間も経ってないのに、

「早く朝飯にしてちょうだい、あーあ、お腹すいた」

その後姑は前と同じように普通だったので、加奈はほっとしていた。が、それから二週間ぐらい過ぎた夏の夕暮れ、暗くなってもハルは出かけたまま帰って来なかった。

「どこへ行くと言って出かけたんだ」

貢は加奈の不注意とばかり大きな声で怒鳴った。

「みのりが捜してきてあげる」

中学二年生になったみのりは自転車で出ようとした。

「もう暗いからみのりは家にいて、ママが捜しに行くから」

加奈が急いで家を出ようとした時、見知らぬ男性と姑は手をつなぎ帰って来たのである。

その顔は嬉しそうに華やいでいた。

「あのう。はじめまして。お宅のおばあちゃんでしょうか?」

見知らぬ男性は未だ四十代の若さである。

「ハイそうです。まあお母さん、どちらへ行ってたんですか」

加奈の言葉に、

「実は家に帰る道がわからなくなったというので、角の八百屋さんで聞きましたら、お宅のおばあちゃんだとわかったものですから」

「まあ、それはありがとうございます」

加奈はほっとした。

「あなた、あがってお茶飲んでいらっしゃいよ」

姑は送って来てくれた男性に、嬉しそうに話しかけている。

「確かにお届けしました。では」

男性は帰ろうとした。

「ありがとうございました」

さすがの貢も深々と頭を下げた。

「おふくろはボケたのか？　まだ七十代なのに」

「そうかも……」

「全くしょうがないな。兄貴とも相談しなくては」

その日から九年間、加奈の姑介護が続いたのである。加奈は姑を看病しながら、みのりの高校受験、大学受験と心を配り、姑がこの世を去った時は、みのりは大学を卒業し二十二歳になっていた。

「ママ大変だから。わたし成人式は洋服で行くからかまわないで」

二十歳の時みのりは自分は加奈の娘ではないということを知っていた。

赤子の世話より大変な痴呆症の老人の介護の生活に、加奈の髪はパサつき、手はすっかり荒れていた。そんな加奈をみのりは助けた。いくらかでも加奈が休めるように、大学の夏休み春休みは帰って来て一生懸命手伝った。

「みのり、ありがとう。お母さん本当に助かるわ」

「お母さんこそ無理しないでね」

みのりにはこの母の愛情に満たされ育った記憶が体中にあった。そしてみのりが大学に行ってから、全く帰って来なくなった父・貢を腹立たしく思い、加奈に痴呆で介護の必要な老人をまかせきりのハルの息子・伯父にも怒りを感じていたのである。

ハルの葬儀は盛大だった。中小企業の社長であっても、その母親ということで、沢山の生花と花輪、会葬者も百人を超えた。誰にどんな介護をされ、どのような死に方をしたなぞ誰ひとり聞く人はなく、社長の母親ということだけで、取引先や社員一同がこの日だけ集まったのである。自分の母親を九年間看てもらった社長や貢から、ねぎらいの言葉ひとつなく盛大な姑の葬儀は終ったのである。

みのりは大学を卒業、家から通える会社のＯＬとなり働き出した。最初の給料の半分を、

「お母さん好きな物を買って」

と、加奈に出した。加奈は涙でみのりの顔が見えなくなるほど嬉しかった。

「みのり、ありがとう」

ハルの初七日まで他人の手前、家にいた貢は、また帰らぬ日が続いたのである。四十九日忌の法事が終った夜、

「今度は男の子だから、向こうで暮らす」

と、貢は言った。その男の子は小学校一年生になっていた。加奈が姑の看病に奮闘している時、図々しくも別な女と愛を育み、男の子をもうけていたのである。みのりは知っていた。知っていたからこそ加奈を哀れみ、わたしだけでも加奈を慰めようと高校生の時から思ってきたのである。無責任であまりにも身勝手な父、貢は間違いなく自分の父親である、その父の加奈へ対しての裏切りを、みのりは許せなかった。わたしのおむつを替えたより長く、姑のおむつを替えていた加奈の姿を、貢は見にも来なかったのである。男は皆そうなのだろうか？　みのりは男性不信の女性になっていた。

昨夜の大雨で久しぶりに水を吸い込んだ庭の芝生は、朝の光を浴び鮮やかな緑に輝いて

いる。みのりとふたり暮らしになった加奈は庭の大きな木は切り、広々とした芝生にした。そうすることにより、貢の冷め切った加奈への愛を忘れようとした、というより時々むらむらと燃える嫉妬心を無理にでも抑えようとしたのだった。やがてみのりが結婚し、子供が出来た時は血は繋がっていなくても、わたしの孫になる。可愛い孫達の歓声が芝生の上から聞こえてきたら、わたしは幸せな祖母になれるのではないだろうか？　五十三歳になった加奈は自分が、まだ磨けば若返るということを、すっかり忘れ去っていたのである。

暑い夏が訪れた。貢が家に寄りつかなくなってから、はや六年の月日が流れたのである。

「お金をやるから離婚して欲しい」

突然現われた貢の言葉だった。

「わたし、みのりの母親です。あなたは父親でしょう」

「みのりは嫁に行く。君には一生困らないよう仕送りもする」

「わたしはこの家の主婦。あなたの妻です」

「妻じゃない」

「妻じゃなくしたのはあなたです。あなたさえ帰って来たら、あなたの妻でしょう」

「ごめん、もうだめなんだ」

「息子を連れて帰って来て。みのりと同じようにわたし育てるわ」

加奈の口から出た精一杯の言葉だった。息子を理由に女と別れられない貢を加奈は知っていた。美人でもないあの女のどこが好《い》いのか。年齢だって加奈と同じである。親友のマリ子が細かく調べ教えてくれていた。

「わたし離婚しません」

加奈は強く言った。籍なんか絶対抜いてやるものか。心を砕いてみのりを育て、なりふりかまわず姑ハルを看病したこの家は、わたしの苦労と涙が染みついている。この家を出てわたしはどこへも行く気にはなれない。

「慰謝料を沢山もらって離婚し、今度は加奈にやさしい男性と老後を過ごすという方法も悪くないと思うけど」

加奈を心配するマリ子の言葉にも耳を貸さなかった。

貢からもらえない生活費を、義兄の社長から加奈はもらっていた。ハルを看たということもあって、義兄はきちんと加奈に生活費を出していた。パートもしないで生活出来るということは加奈も有難いと思っていた。更年期の支障もなく自由に旅行に出かけられる身になった加奈は、マリ子とふたりの旅を楽しんだ。男性不信になっていたみのりも三十歳になり真面目そうな公務員と結婚した。結婚式の日はさすがに貢も父親として振舞い、みのりを見る目は父親らしく輝いていた。

「お母さん、よろしくお願いします」

と、みのりの彼・林から花束を贈呈された加奈は、このうえなく嬉しかった。若い息子が出来たのだ。彼はみのりをこよなく愛し、あたたかい家庭をつくるだろう。みのりは女性として妻として本当に幸せになって欲しい。

みのりが嫁いだ次の日から毎日雨が降り続いた。

「新婚旅行はアメリカ西海岸だから、お天気は心配しなくても大丈夫よ」

雨の中、マリ子は毎日のように、ひとりになった加奈の家に遊びに来ていた。

一週間降り続いた雨はやっと上がり待ちに待った太陽が、緑の庭をいっそう鮮やかに染めた。しかし、その朝突然の電話で、貢が急性心不全で亡くなったことを加奈は知らされたのである。駆けつけた加奈の目に入ったのは、取り乱し泣き叫ぶ貢の女、令子の姿だった。

義兄の指示により貢の葬儀は行なわれた。写真は口を結び、笑ってないのが選ばれ、加奈はほっとした。遺族席には義兄夫婦、加奈、みのり夫婦、そして高校生になっていた貢の息子・淳も加わった。後ろの席で泣きくずれている令子の姿が人目を引いた。会社役員ということで盛大に貢の葬儀は終った。知らない人は令子を奥さんと呼んでいた。貢は骨になり、やっと我が家に帰って来たのである。加奈は不思議に悲しいと思わなかった。遺骨でしか帰って来てくれなかった貢を哀れにさえ思った。

「お骨を分けて下さい」

と、令子は加奈にすがりついて泣いたけれど、加奈は分けなかった。

「お墓参りに行って下さい」

と、ひと言言っただけだった。一文字に口を結び、涙すら見せない淳という子の顔は、あまりにも貢そっくりなので加奈は驚いた。令子からこの子を取ることは出来ない。貢そっくりの淳を貢の形見として令子は立派に育てて欲しい。それほどあなたは貢に愛されていたのだから……。加奈の心は叫んでいたのである。初七日、四十九日忌の法要も、義兄が主になりすべて取りしきった。初盆だけは加奈の家に飾り、みのりや淳が来ても知人はあまり見えず、静かな初盆だったのである。

貢の三回忌も終り、義兄の会社は息子が継ぎ、義兄は会長になった。不景気と息子の代ということで加奈は貢の遺族年金だけの生活になった。女ひとり暮らして行ける金額に加奈は感謝した。家賃もなく光熱費と食費だけの五十七歳の加奈には以前からの貯金もあって、蓄えは増えていたのである。

あの人はもう、わたし以外の女の所へ行けなくなった。帰って来ない夜、別な女を抱いていることすら、忙しい日々には強い嫉妬心も起きなかったのに、今暇になりゆっくりとあの頃を振り返ると、なぜか加奈の心には老いたにもかかわらず嫉妬の感情が込み上げて来るのである。わたしは本当の女の幸せは結婚してわずか二年だった。その後の三十年間の年月はいったい何だったのだろう? ひとりになった加奈は心を満たすものが欲しかった。マリ子に誘われ墨絵を習おうとしたのも空白な心を埋めようとしたからだった。

そうした加奈は墨絵教室で上品な老紳士に心惹かれていった。常にやさしそうな笑顔で描く彼の作品は素晴らしかった。

「お上手ですね」

「いや、なかなか思うようにいきません」

墨絵の帰りに加奈と彼はコーヒーショップに立ち寄り、お互いに親しい仲になって行くのには時間はかからなかった。

「妻を亡くして四年になります」

と、言う彼の言葉が加奈を安心させると同時に積極的にした。

「わたしは主人を亡くして三年ですの」

彼もまた、加奈に好感を抱いていたのである。

加奈は若返った、もともと美しかった加奈が目を見張るように変わっていったのを、マリ子は見逃さなかった。

「彼の名は中村三徳。子供二人それぞれ独立して、お孫さんも四人いるのよ。そして彼はひとり暮らしなんですって」

恥ずかしそうにマリ子に報告する加奈だった。

「まあ、よかったじゃない。誰も遠慮する人はいないもの」

加奈は一週間に二回の墨絵の日以外でも、彼と逢いたくなる気持ちを抑え切れず、どうしようもなくなっていった。彼もまた若返った。加奈をいとおしく思った。どのような過去があったのか、どこか淋しそうだった加奈が自分を愛し、生き生きしていると思うと、男として最上の喜びが込み上げて来た。妻はもう届かぬ国へ行ってしまったのだ。遠慮することはない。いじらしい加奈に熱い愛情が込み上げてくるのをどうしようもなかったのである。

その年の夏、ふたりは若者が行くハワイの海岸に立っていた。言葉はなくてもいい。手をつながなくてもいい。子供を嫁がせた淋しさをいたわりあいながら、ハワイの海を眺めている日本人夫婦に見えても不思議ではなかった。

「女房と行かなかった所へ旅行したいですね、君もご主人と行かなかった場所を選んで下さい」

中村の言葉に、

「わたくし主人とは新婚旅行の箱根だけですの」

「えっ、一度きりですか？　ご主人はお忙しい方だったんですね」

「ハイ」

加奈は貢とのことを知られたくなかった。あまりにも女としてみじめで恥ずかしかったからである。

「じゃあ思い切ってハワイに行きましょう。お互いシングル部屋を取って。ツアーの仲間に入れば安く行けますから」

ツアーの仲間は十五人ぐらいで他の地方から来た人達と合流し、中村と加奈は知人同士のように見えた。

中村のリードは楽しかった、何気なく手をさしのべ加奈を安心させた。

「せっかくハワイに来たんですもの、水着に着替えようかしら」

大胆な加奈の言葉に一瞬驚いた中村は、

「それはいいですね、日本ではなかなか出来ないことだから」

水着姿の加奈は子供を産んだことも、お乳を飲ませたことも無いので娘のように若くきれいだった。中村は目を見張った。紫色の水着が白い肌をよりいっそう美しく見せ、日本画を思い出させる。中村も思ってもみなかった衝動にかられ、彼も水着に着替えたのである。

「まあ、おほほほ、お互いに年齢のことは忘れましょう」

加奈は恥ずかしいとは思わなかった。大勢の若い人達の中に入ってしまえばいいのだ。年齢なんか聞く人もいないし、わかってても誰にも迷惑をかけるわけでもないと思った。ビーチパラソルもなく、ふたりは脇と腕を付け合って砂浜に寝転んだ。果てしなく広い青空だけがふたりの上にあった。わたしはもう自由なのだ。この年齢になってこんな幸せを摑めたのはマリ子のおかげ。加奈は砂の中で中村の手を握った。握り返した中村の手は久しぶりの大きな男性の手である。

「来て良かったわ、ありがとう」

加奈は中村の顔のそばに自分の顔を近づけたのである。

午後四時になるとサンセットディナークルーズのオプションに、ふたりは参加した。バイキングの夕食を食べ終え甲板に出ると、大きなまるい太陽が真っ赤に染まり、黄金色の海に少しずつゆっくりと沈んで行く。美しい――。その美しさは感動そのものである。ふたりは思わず手を握り合った。人もまた黄昏の時期がある。その黄昏の時期を黄金色に空も海も染め、沈み行く夕日のように華やかに染められたら思い残すことはないのではないだろうか。若くない中村もそう思わずにはいられなかった。

夕日が沈んでしまった海は静かだった。あの黄金色が嘘のように暗かった。若い人達はお酒やウイスキー、ワインを飲み、楽しそうに歌ったり踊ったり騒いでいる。人生の黄昏なんて言葉はない若者達は、輪になってはしゃぎ、あの金色の海より仲間との群れあいに歓声を上げている。中村と加奈もそのような時期はあったのだ。あっと思う間に通り過ぎた若い日々は、誰も駆け足で走っている。いつ頃からかゆっくりと歩き始めるのだろう。

美しい物、いとおしい物に立ち止まり、深く心に刻みつけていることに気がつく年齢が来るのを、若い時は想像もしなかった。

「おやすみ」

中村は加奈の手を取った。ひとり寝はお互いに慣れていた。

「君の部屋へ遊びに行ってもいいですか」

と、中村は言い出せなかった。加奈もその言葉は待たなかった、何年も夫婦生活をしなかった加奈は自信がなかった。結婚はお互いにしないほうがいい。プラトニッククラブで中村も満足出来たし、加奈もそれでいいと思っていたのである。中村はシャワーを浴びベッドに入っても、どうしても眠れなかった。沈み行く太陽が空も海も黄金色に染め、燃えた風情がいけなかったというより、加奈の水着姿のほうが中村には忘れられなかった。彼は加奈の部屋に電話をした。

「君の部屋に行ってもいいですか？」

と。加奈は迷ったけれど、

「ハイ、どうぞ」

と、返してしまったのである。今まで歩いてきた道より、これからの道は短いのだと思うと、短い道を楽しい思い出づくりの道にしたいと思うことは、間違いだろうか。間違いだっていい。それほど加奈は彼を好きになっていたのである。

青く深い海の波に加奈の体は浮いて、いいようのない心地よさが体の芯をゆさぶり、ゆらゆらと激しくゆれて、涙がこぼれた。大きな波に流されて夢中で戻ろうとして、しがみつくと、そこには彼の胸があった。彼は、

「もう離さないよ」

と、ささやいた。

ハワイ旅行は終った、帰って来た日本の夏は湿気が多く、蒸し暑かったけれど、加奈にとってその暑さは苦にならなかった。

「サウナに入っているようでいいじゃない」

と言う加奈の言葉に、マリ子は、加奈が中村とうまくいっていることを知った。中村は加奈の家を決して訪問しなかった、加奈も中村のひとり住まいを決して訪れなかった。世間の目を気にしてというより、あくまでも距離をおくことにより相手を尊重し、愛を深めていったのである。彼と加奈は月に一度マリ子夫婦と四人で二部屋を取り、近県の温泉歩きをした。マリ子は、

「加奈のおかげで私達夫婦もこの頃アッアツよ」

と、笑った。中村は加奈を君と呼び、加奈は中村をあなたと呼ぶようになっていた。結婚しないので彼の子供や孫達は、加奈という恋人がいることを知らなかったし、みのりのほうはうすうす感じていてもかえって喜んでいた。中村も若返った。それまでは妻を亡くし、自分も妻の後を追って死にたいと思っていた。何をしてもつまらなかった。暗い日が続いている時、色のない墨でこの心を描けたらと思って墨絵を始めたのである。その会で加奈と出会い、同じ淋しさを持っている人のように思い、惹かれていったのであった。彼は亡き妻を愛していた。加奈は別な意味でいとおしかった。亡き妻の代わりとは思いたくなかった、亡き妻と別な世界で出会った女性と思いたかった。中村と加奈は週に二回逢える恋人、そして一か月に一回共に旅する愛する人と続いていったのである。

収穫の秋は過ぎても晩秋の景色は美しかった、冬の寒さが来るのも忘れ、ふたりの冬は暖かかった。愛というものがこれほど大きな意味あるものとは加奈は知らなかった。親友のマリ子は今になって両親の介護をし、大変な生活を送るようになった。恩返しと思い加奈は時々手伝いに行った。

「加奈は若い時苦労したから今は幸せね」

「マリ子に感謝してるわ。恩返しさせてね」

加奈は中村と会わない日は、マリ子の手伝いをした。

待ちに待った春が来た。

「やっぱり春は素晴らしい」

中村と加奈は久しぶりにふたりきりで旅に出た。

「雪見の温泉も格別だったけれど、春の光って若返った気がするのよね」

マリ子夫婦が参加出来なくなっても、ふたりは熱い旅を続けていたのである。

今までにない酷暑の日々が続いた夏だった。

「年齢のためか、暑さが身にこたえるようになった」

中村の言葉通り、暑さに強い加奈もこの夏の暑さは過ごしにくかった。その頃中村は、

「夏の疲れが出たのか、あまり食欲がない」

と言い始め、彼の子供達に検査を無理にさせられた時は、胃のリンパ腺まで冒されていた進行性の胃癌だったのである。医師からは良性と告げられ、彼はそれを信じていた。九月下旬、胃癌の手術は行われた。完全看護の病院でも、娘と息子の嫁は交代に病院に来ていた。

「ひとり住まいだって病気の時は、娘やお嫁さんが来るなんて彼は幸せよね」

マリ子は言った。

「お見舞いに行きづらいわね」

「平気よ。墨絵の作品を持って行きましょう」

加奈とマリ子が見舞いに行った時は、中村は個室に移り、娘もお嫁さんも買物に出ていていなかった。彼は痩せていた。その細くなった手を出し、嬉しそうな笑顔を見せ、

「ありがとう、治ったら榛名湖を見に行きたいですね」

と、言った。

「榛名湖。いいですね。早く良くなって下さい」

加奈とマリ子は声を揃えて言った。マリ子は、

「悪いわね、ちょっとトイレへ」

と、気をきかせ、部屋を出た。加奈は中村の細くなった手を握った。

「苦しい?」

「大丈夫。ありがとう。良くなるまで来なくてもいいよ」

加奈は返す言葉がなかった。彼はもう駄目なのかもしれない。でも榛名湖に行きたいな

んて、痩せ細った姿を見せたくない気持ちが、痛いほど加奈には解った。

「早く良くなって榛名湖に行きましょう。また来ます」

「ありがとう、加奈さん」

この言葉が、中村の加奈に言った最後の言葉となったのである。彼は消えてしまった。加奈の悲しみは深かった。

彼の葬儀には大勢の人に混ざり、墨絵の仲間として参加した。彼は愛妻の元へ旅立って行ったのだ、あの世に行っても幸せなのだろう。彼の遺影は、

「加奈、さようなら」

と、言っている。加奈もまた、『ありがとう』と、心の中で叫び、焼香をした。

庭一面に広がった秋の芝生は伸び切っていた。時折りみのり夫婦が仲良く訪れ、幸せは報告されても、子供は授からなかった。中村は亡き妻の所へ行ってしまった。貢は誰の所へ行ったのだろう？　わたしはあの世に行く時、彼の所へは行けない。亡き母の所へ行くだろう。美しい夕焼けもなく働き続け、苦労し続けでこの世を去った亡き母は、わたしが黄昏の夕焼けのように燃えたことを、何と言うだろう？　恥ずかしいけれど母なら話すことが出来る、と加奈は思ったのである。

友子

日曜日の午前中の喫茶店は、二、三人の客しかおらず、駐車場に車を停め、約束の時間より五分前に来た酒井正太は窓辺に並べられた鉢植えの花に目をやり、今日初めて逢う写真でだけ見た見合い相手を不安な気持ちで待っていた。時間丁度に彼女は現われた。

「酒井正太様ですか?」

「はい、そうです」

「はじめまして。円山友子です」

「はじめまして」

『これは今までで一番いい』酒井の心はうきうきした。友子もまた『背が高くてよかったわ』と思った。

二人は幸せ結婚紹介所の会員で、今日はお見合いの日だったのだ。勤務場所から年収、趣味、年齢、学歴、両親兄弟に至るまで明記した書類には顔写真が貼付され、この人なら逢ってみたいという希望により、本人同士のお見合いとなったのだ。

酒井はコーヒーをブラックで飲んだ。以前お見合いの相手に、男性なのに砂糖を入れた、と言って断られたことがあったからだ。

「あらっ甘いのは嫌いですか？」

と、言いながら友子はスプーンに二杯の砂糖を入れた。

「いえ、嫌いではないです」

「よかった、甘いのが嫌いな人はお酒が好きでしょう。もっとも両刀遣いという人もいますけど」

「お酒は弱いほうです」

「よかった。わたしお酒を沢山飲む人、嫌いなんです。趣味はスポーツと書いてありましたけれど、何をなさるんですか？」

「スポーツなら何でもします。特別これが得意というのはありませんけれど」

「そうですか。実はわたしはスポーツは駄目なんです。テニスも卓球もバスケットも全部苦手で、でもお料理とか炊事洗濯は得意です」

「何よりです。逢えてよかったと思います」

「わたくしも」

酒井は背が高く、顔もまああなのに消極的なところがあったので、今までの見合いは七回も断られていた。友子のほうは今回が初めての見合いである。彼女は今まで見合いどころか男性恐怖症だったのだ。鼻を高くし、目を二重に整形手術をし、遠方の結婚紹介所を訪れた友子にとって整形手術をしたおかげで、こうして見合いが出来たうえ、見合いの席で自分自身が驚くほど積極的に自分の意見を言えることが出来る、と嬉しかったのである。

今度こそうまくいけばいいな、と思った酒井は、今までの失敗を繰り返さないよう一生懸命だった。学生時代の受験勉強にさえ、こんな苦労はしなかった、妻をもらうということは、こんなにも大変な事なのかと、一時は面倒で休止していたものの、三十四歳になった彼にとっては友人の結婚式に出席するたびに、少々の焦りがあったのである。妹二人はそれぞれ恋愛結婚し、家を出て行った。恋愛中から結婚してまで妹夫婦が代わる代わる来ると、彼は自分の部屋に行くか、一人外に出た。いちゃいちゃべたべたと彼に見せつけ、あげくの果てに、

「お兄さんは好きな人、まだ見つからないの？」

と、言うのである。それを見て両親まで若返り、彼がかつて見たこともなかったような

手を繋いだり肩を抱き合ったりという、仲の良さを表現する振舞いをするのが彼にはなおさら見ていられなかったのである。

「車でどこかへ行ってみませんか？」

コーヒーを飲み終ると彼は何時もの失敗を繰り返さないよう明かるく誘った。

「はい」

男はやっぱり顔なのよね……。今まで男性に見向きもされなかった友子はつくづくと思った。

「海を見に行きたいわ」

友子は今まで自分の希望さえ言えなかったのに、鼻が高くなり美しい瞳になった、その顔で彼を正面から見つめ、はっきりモノが言える自分に驚いた。

酒井は車を走らせた。心地よい春風が少し開けた車内に吹き込み、友子の髪はその微風になびいた。美しい横顔だ、今度こそ失敗したくない、と彼は思った。春の海はおだやかだった。わたしは初めて男性と共に海を見ている——友子の感激は大きかった。

「初めて逢ったのになぜか初めてのような気がしないです。君と逢えたことを嬉しく思います」

酒井は自分の正直な気持ちを伝えた。

「この会に入会してお見合いは何回なさったのですか？」

「今回で八回目です。七回全部断られました」

「えっ、どうしてでしょうね？」

「僕が消極的だからと言うことでしたけれど、結局物足りなかったんでしょう」

友子は思った、七回も断られたこの人なら、万が一、整形のことがわかっても許してくれるのでは？　勤務会社もいいし若くないし、大丈夫なのでは？　友子は二十六歳だった。しかし整形したことはどんなことがあっても決して言うまい、と心に誓ったのである。二人は砂浜で早くも手をつないでいた、お互いに好感を抱いていた。

「何回か逢ってわたしを観察して下さい。そしてよかったら結婚して下さい」

「僕はもうあなたさえよかったらＯＫです」

二人は帰りの車の中でも信号待ちの時は、お互いに笑顔を見合わせていた。

「えっ、やっとお兄さん来てくれる人決まりそうなの」

二人の妹は喜んだ。上の妹は三十二歳、下の妹は二十八歳、どちらも二人の子供の母親である。

「二十六歳じゃわたし達より若いじゃないの。でもお姉さんと呼ぶのよね。でも二十六歳の女性が、どうしてお兄さんを好きになったのかしら？」

「それが縁ていうものだよ。本当によかった」

父は心から喜んだ。

友子の母は心配だった。整形を隠して嫁に行き、後でわかった時は母親のわたしまで嘘つき呼ばわりされるのではと。父親は、

「そんなこと何もかまわないだろう。そんなに心配ならお前が向こう様に正直に話すんだね」

と、言う。父親が反対したにもかかわらず母親が娘と共に整形手術をしようと言い張ったからであった。

「お父さんに似たから可哀想に」

「女の子が父親似なのは運がいいのだ」

「お父さんは男だから少し鼻の形が悪くても、目が細くても眼鏡をかけてるから、それで隠れるのよ」

父親は父親似ということで、さんざん悪く言われていたのである。

「やっぱり言わないほうがいいわ」

「そうよね」

母と友子はお互い納得するように何回も繰り返し、言わないことを誓い合った。友子の弟は大学受験で一浪し、家を離れ、予備校に行っていたので、そのような騒ぎは全く知らなかったので幸いだった。

酒井と友子は夏のディズニーランド、袋田の滝、日光、塩原と日帰り旅行を楽しみ、実りの秋に結納式を済ませ、十一月大安吉日に結婚式を挙げたのである。

「早まらず、じっくりと彼は若い美人を射とめたのであります」

と、会社の上司から友人皆、友子の美しい花嫁姿を賛美した。友子には本当の親友はいなかった。料理とお花の先生、そして両親の知人のほうが多かった。花嫁姿は誰も美しい。だからこそ友子の整形に気付く人はひとりもいなかったのである。

「お父さん似かと思ったら、花嫁さんになったら、お母さん似になったわね」

と、誰かが言っただけであった。

新婚旅行はハワイに、とふたりで決めた。酒井も新婚旅行にはハワイに行きたいと思っていたし、友子はなおさらのこと男性の友人はひとりもなく、「ブス」と言われ続け男嫌いになっていたため、他の友人が男友達とあちらこちらと遊びに行っても一度も出かけたことはなかった。暗い部屋の中から一気に明るい世界に出ることが出来た友子にとっては、整形手術は友子の人生を変えた貴重な〝秘密〟だったのである。美しくなったら男性とも歩ける。ハワイにも行ける、愛され愛すことも出来るという過去には夢でしかなかった現実が、一気に叶えられたのである。友子にとって新婚旅行は夢のようだった。初めて乗った飛行機、目の前に飛び込んで来る景色、夫のやさしいリード、友子は何度も自分の顔を手でさわり鏡を見、元の顔に戻っていないことを確認した。高く美しい鼻は大丈夫、この目も安全だ。よかった、新婚旅行が終わるまで友子は自分の顔が異国の空気により、太陽により、元に戻らないよう心配しながらも、五日間の旅に女性の喜びを満喫出来たのである。

酒井はいつもの道を車で走っているのに、どこをどう運転しているのかうつろだった。このような精神状態の時、事故を起こすのかもしれない、気を付けようと思った時は我が家に着いていた。

「ただいま」

「おかえりなさい」

友子はいつものように笑顔で迎え、食卓は友子が腕を振るったおいしそうな夕食が並べられていた。妻には話すことが出来ない、黙っていよう。酒井は何時ものように、おいしいと言って夕食をすませた。

「酒井君、君も知っての通り会社の経営建て直しのためリストラせざるを得なくなって、その中の一人に君も入っている。半年間組合が他の会社紹介に努力するので退職のことを考えて欲しい」

「えっ、わたしはリストラされるんですか?」

「まあ、そういうことです」

「わたしのどこが悪かったのですか」

「君が悪いと言うのではなく、会社の方針なんだ。まだ三十四歳だから今なら別の会社に移ることも可能だし」

酒井は返す言葉を探した。いつも温厚で指導力のある上司からの言葉なのである。

「わたしはこの会社を一生の仕事場所と決め、真面目に働いて来ました。それなのになぜですか?」

「すまないね、会社の方針にわたしも逆らえない」

背筋に冷たい汗が流れた。この不況下に追い出されどこへ行けばいいのだ。大学を卒業し、一生の仕事と思い入社した会社だけに、他の会社など考えたこともなかった彼だった。そのうえやっと結婚し、十一か月しかたっていない。どうしようもない悔し涙が込み上げた。同期の友人はどうなのだろう? いや誰にも聞けない。情けない思いは床の中まで続いた。友子は夕食の後片付けをし、入浴をすませテレビを見ていても、何かいつもと違っている夫を感じ取っていた。どうしたのかしら? もしかしたらわたしの整形がばれたのかしら? まずはそれを一番心配した。でも聞くわけにはいかない、しばらくそっと見ぬ振りをしていよう、彼が何て言い出すかそれによって答えればいいのだ。友子は床に入ってからも夫のいつもと違う態度をそっと見守っていたのである。

冷たい秋雨が降り、うるさく鳴いていたこおろぎも鳴かなくなり、ふたりの結婚記念日がやって来る。酒井の両親や妹から「赤ちゃんはまだ?」と、何回となく電話があったが、酒井にとっては子供どころではなくなっていた。来年三月までに職を見つけ、会社をやめなければならない。彼は父親に苦しい胸のうちを話すことにした。

「うーむ。それはひどい」

定年退職し、趣味の陶芸にどっぷりつかっている父親の第一声はこれだけだった。

「友子さんには話したのか」

「いや、まだです」

「嫌な世の中になったね。しかし真っ先にリストラされるなんて、あまりにもひどい。やめないで食い下がることは出来ないのかね」

「駄目なんです」

「母さんには言わないほうがいい。大騒ぎするから。誰か知人にもあたってみよう」

「すみません、お願いします」

「あまりくよくよしないほうがいい、体に気をつけてな」

父の有難さが身にしみた。父もまた真面目な息子がリストラに遭うなんて、と、この不況を恨まずにはいられなかったのである。

彼は友子にわからないよう会社に出勤し帰宅した。頭と心の中でリストラという言葉が走馬燈のように駆けめぐり、リストラされた自分の姿がくやしく情けなかった。友子はそうした夫の変化を感じつつあった。幼い頃からブスブスと言われ、中学時代には細い目は前髪で少しは隠せても鼻は隠すことが出来ず悩み、高校では怖い顔と言われ、短大では何も言われなくても話しかけて来る友人はいなかった。物心ついてから二十年、自己嫌悪がついてまわり、暗い毎日を送っていた。その暗い部分を夫がこの頃持ち始めたことに気付いたのである。新婚当時と全く違う。でもわたしの整形のことだったらわたしを見る目でわかるけれど、それではない何か彼自身の悩みのようだ。友子は、

「あなた、どこか体の具合が悪いんじゃない」

と、聞いてみた。

「いや、体は悪くないよ」

「でもこの頃何となく暗いし、心配ごとがあるみたいだから」

「……」

「わたしに言えないこと」

「いや、心配かけたくないから」

「わたし達夫婦でしょう、心配ごとがあったら話して」

夫は会社をリストラされたことを話した。友子はこのような真面目な人がリストラされるなんて、と驚いた。会社の上役は人を見る目がないのではないかと怒りが込み上げた。

「来年三月までに。別な会社を探さなければならないんだ」

「大丈夫よ。あなたのような真面目な人、どこだって欲しい人物でしょう」

「でも一部上場の会社はどこも採用しないし中小企業しかないよ」

「中小企業だっていいでしょう。自分に合った仕事をゆっくり見つければ」

「収入も少なくなるし」

「大丈夫よ、わたしまだ子供が出来ないから。来月からでも働くところ見つけてパートに出るわ。心配しないで」

「ありがとう」

彼はほっとした。もっと早く友子に話すべきだった、彼女に話したことによって、こんなに気持ちが軽くなるとは思ってもみなかったのである。

結婚記念日は友子手作りのご馳走と、赤ワインで二人きりで祝った。彼がリストラされたことは、父の口から母親や妹達にも知れていたし、友子も実家の両親に話していた。友子の両親は、

「新聞やテレビで大企業までリストラすることは知っていたけれど、大変なことになったわね。まだ三十四歳なのだから友子が勇気づけてふたりで頑張るのよ」

と、言ってくれた。

友子はよみがえる自分を感じていた。わたしは昔のわたしとは違う、やさしいこの人と結婚出来た。今度はこの人のため働こう、きれいになれたわたしだからどこでも採用して貰えるだろう。


早速友子はデパートの紳士服売場でパートとして働き始めたのである。

「いらっしゃいませ。毎度ありがとうございます」

売れなくても丁寧に頭を下げる。友子は自信を持って働いた。昔のわたしではないお客様の顔を目を、笑顔で見ることが出来る。買わないお客様も笑顔で帰って行く。きっとそのうちいつの日かまたいらっしゃって下さるに違いない。またどうぞお越し下さいませ、と友子は一生懸命だった。ネクタイ、靴下、ワイシャツ、セーター等、売り上げは伸びていった。

「あなたここに来る前どこにいたの?」

そう聞いた女性店員は十年のキャリアを持つベテランの坂本澄子だった。

「わたしデパートは初めてなんです。よろしくお願いします」

「あなた奥さん？　それとも独身？」

「はい、結婚してます」

「わたしはひとりの子の母親。それにバツイチ。子供が出来ると大変よ、保育園の送り迎えが。そのうえ子供が病気になるともっと大変。実家の母親の所に連れて行かなければならないでしょう」

「大変ですね」

澄子は友子がどこか自分に似ているところがあるので思わず声をかけたのだった。友子はパートに出た日から、美しい人と思って澄子を見ていた。このように美しい人と同じ売場に立てる自分を嬉しく思っていたのである。

「休憩時間が一緒になったらケーキご馳走するわ。おいしいケーキ屋さん知っているから」

「ありがとうございます」

顔が美しくなると、こちらが話しかけなくても同性にも好かれるのだ。友子はとにかく整形手術の効果がこのように大きなものかと感謝したのである。

夫の両親からは、体に気をつけて働いてね。正太をよろしくお願いします、と電話があった。働いて疲れて帰って来た友子の心にその言葉は嬉しく響いた。夫も友子より先に帰宅した時は、下手ながらも食卓に夕食の食器を並べ、時々カレーをつくっていた。

「あら、すみません」

「疲れたろう。僕も今度料理の腕を磨かなくてはね」

「あなた、ありがとう」

友子は夫に抱きついた。幸せだった。急に抱きつかれた彼は、ちょっと驚いた表情ですかさず彼の方から友子をしっかりと抱きしめたのである。『お母さん、わたし本当に怖いほど幸せよ』友子は手術に賛成し、勧めてくれた母に心から感謝せずにはいられなかった。


慌ただしい年の暮れが来た。友子は大晦日まで出勤した。夫は一人になるとリストラが頭から離れず、次の職も思うように見つからず、起業の勇気もなく、プライドを捨てる決心しかない、と思うと心の中に暗雲が押し寄せて、そのたびにこの心境を話す友人もなく、両親には心配かけたくなく……ともんもんとした日々が続いていた。

「どうした?」

父親が突然訪れた時は、彼の顔はもうどうしようもないほど情けなく、疲れ切っていた。父親は最近つくった細い花瓶と、丸い形の花瓶を二個持って来て彼の前に出し、

「どちらの花瓶のほうが水が多く入るかわかるかな?」

と、言った。彼は黙って丸いほうを指さした。父親は水道の水を両方の花瓶に入れ、それぞれの水を洗い桶にあけると全く水の量は同じだったのである。

「何でも外見だけではわからないよ。あまり考え過ぎないで飛び込んでみることも大切。元気を出しなさい」

父親はお茶を一杯飲むと帰って行った。

一月二十日、彼は小さいけれど自分の腕を発揮出来る会社に就職したのである。友子はいたいところから飛び下りた夫の気持ちを慰める言葉を探した。。自分から働き場所を変えたのではない。わたしも女としてどうしようもない顔で生きていた時、周囲の冷たさを嫌というほど知らされた。夫も無理に仕事を取り上げられ、誠意を尽くした場所を追い出されたのである。友子は下手な言葉で慰めるより、彼に妻としてあたたかく接することに心を砕いた。

冬の灰色の空は空気まで寒くした。デパートの客足も二月に入ると少なくなり澄子は、友子と休憩時間が一致し、友子を誘いに来た。おいしいケーキとコーヒーは、友子の心を癒してくれた。

「あなた、言いづらいけど男運に注意したほうがいいわよ」

ほっとしている友子の気持ちは突然の澄子の言葉に驚かされた。

「えっ、それって何ですか？」

「あなたやわたしのような鼻の高い女性は、男運が悪いのよ。女性の鼻はあまり高くなく、要するにおかめ顔のほうが夫運がいいんですって」

「……」

「実はわたしは結婚した夫が酒乱だったの。結婚前は全くわからなかったのよ。それで子供を連れて離婚」

「そうですか」

「人相学から見ると夫に従えない鼻なんですって」

友子は何とも言えなかった。整形でこの鼻になったおかげでわたしは幸せになったのだ。見る人によってただ冷たく見えるからそう言うのではないか。友子は澄子の言葉を気にするどころか、すっかり忘れていたのである。

昨夜から降り出した雪は、朝になっても止まなかった。ジャンパーとパンツに雨靴を履き、友子は勤務場所へ急いだ。今日は日曜、雪が降ってもお客様は多いだろう。夫の昼食はこたつの上にふきんをかけ、レンジで温めて下さい、とメモを置き家を出た。夫は会社が休みなので床に入って眠っているようなので声をかけずに出たのである。

「ただいま」

友子の声に、おかえりの夫の声はなかった。ベッドの上はきちんと片付けられ、夫の姿はなかった。友子は急いで夕食の支度をし、浴室の用意をし、夫はすぐ帰って来るだろうと思ってこたつに入りテレビを見ていた。駐車場に夫の車はなかった。時計の針はもう九時を指している。どこへ行ったのかしら、雪は止んでいた。友子は心配になり夫の両親に電話をしたけれど、今日は来ませんでしたよ、の返事。それでも父親が心配し、車を走らせて来てくれた。友子はこのような時、夫が携帯電話を持っていれば、と後悔した。午前一時になり友子の両親も来て、

「明日の朝まで待って帰って来なかったら、捜索願を警察に出したほうがいい」

と、言った。話を聞きつけた彼の妹から、

「あの山じゃない」

と、いう言葉があった。お酒を飲めない夫だから繁華街に行くわけはないし、でもどうして山へ行ったのかしら？　彼の父親と友子と友子の両親で妹に山を教えてもらい、出か

けたのは凍てつくような寒さの午前二時だった。

酒井は山の麓の雪の中に静かに眠っていた。

「あなた、あなた。あなた起きて!!」

友子は大きな声で叫びながら彼の体をゆすった。

「正太！　正太！　正太!!」

父も彼の耳もとで大声で叫んだ。道路に置いたままの車は鍵もかかってなく、ブルーのマフラーだけが置いてあった。どうして？　なぜ？　友子は目の前が真っ暗になった。夫は自殺したのだ、私を置いて。妻であるわたしに何も言わずに遠いところへ旅立ってしまったのだ。わたしのどこが気に入らなかったのだろう？　わたしは彼の心を読み取ることが出来なかった。友子の心は千切られるようだった。

「あなたごめんなさい。あなたの苦しみをわかってあげられないで」

「友子さん、あなたが悪いんじゃない。正太が気が弱すぎたんだ」

そう言った父親の眼に悔し涙があふれていた。

夫の葬儀には十三年間働いた元の会社からは三名しか来なかったのである。

初七日が過ぎても友子はデパートへ出る気がしなかった。彼がいたからデパートで働いたのだ。パートを辞めた友子は彼の生命保険金の半分を両親に受け取ってもらい、彼との思い出がつまっている借家から荷物を整理して、ワンルームマンションへ移転したのは彼の一周忌が終わってからだった。

乾燥しきった冬の晴れた日、亡き夫・酒井正太の三回忌は行なわれた。友子は酒井友子のまま、未亡人としてスーパーで働いていた。酒井という姓により昔の知人達は友子と顔を合わせても、円山友子とは全く気が付かれなかった。整形手術をしたという心配なぞする必要もなく、彼女は新しい職場のスーパーで明るく働くことが出来たのである。体を動かしていると過去の悲しみは忘れられ、ただ亡き夫のやさしさだけ時々思い出すことが友子の心をやわらげた。酒井の両親や妹達は友子に、

「友子さん、正太の三回忌も終ったことだし、まだ若いのだからいい縁があったら再婚を考えて下さい」

と、言った。しかし、友子は道を歩きながら時々後ろ姿が酒井に似ている男性を見ると、ハッとして急ぎ足でその男性の前に行き、振り返って見るほど酒井を忘れられないでいた

のである。

「いい人だから若死にしたのよ。早く忘れなさい。そして別な人生を歩くことも大切よ」

と、言うのが友子の母の言葉だった。友子もスーパーのパートで一生終ってしまうより、平凡な家庭の主婦が一番の希望だったので、そのためにも整形手術をしたのである。友子は今度は結婚紹介所に行かず、男性と偶然の出会いから恋愛感情に発展し、結婚に至るという道を選びたいと思っていた。すべての男性が友子を嫌がらない自信が彼女にはあった。だから今度はわたしのほうから選べばいいのだ、と美貌に自信を持った彼女から昔の謙虚さは少しずつ薄れていったのである。

　スーパーはとにかく忙しく、お客さんも店員の顔を見るより、野菜、果物、肉、魚と商品と値段を真剣に見て、忙しく買い物をしていくので、友子にとっては安心して体を動かし、何事もなく一日一日が過ぎて行った。収入も特別贅沢をしなければ一人で生活するのには困らないほどだ。整形前は他人に顔を見られるのが嫌で下を向いたまま、大勢の人が集まるところには行けなかったのに、現在は大勢の客が入れば入るほど、その中の自分が楽しくなり、積極的に振舞うことが出来るようになったのである。

「酒井さん、ちょっと」

「ハイ、何でしょう?」

店の帰り、先輩の須田民子に呼ばれた。

「今からラーメン食べに行かない?　わたしおごるから」

「ハイ、ご馳走さま」

「よかった、断られるかと思ったわ。あなた美人だから恋人がいるのかなあって思ったのよ」

「まあ、おほほほほ。そんなこと思っていたなんて。わたしいつもひとりです」

「あら、そうだったの。じゃあ話しやすいわ」

ふたりが入った中華亭は時々友子も一人で食べに来るラーメン店だった。

「酒井さん鼻が高くて、いつも横顔を見ると、なぜか話しかけづらかったのよ」

「あら、すみません」

ラーメンを食べながら友子は先輩・須田民子の横顔を見ると、なるほど丸い愛敬のある鼻の上に、くりくりした目がある。そして、厚い唇の大きな口は、するするとラーメンを食べていた。

「実はね、ちょっと聞きづらいんだけど、今までずっと独身だったの?」

「いえ、わたし結婚して夫に死なれたんです」

「あらそうだったの。じゃあ未亡人ってこと？」

「はあ、そういうことです」

「そうだったの。でもまた結婚する気持ちあるんでしょう？　若いし、きれいだし」

友子は何とも答えられなかった。

「実は、お客さんに頼まれたのよ。酒井さんに話してみてくれないかって。息子さんがあなたに一目惚れなんですって。今日、本人が身上書をわたしのところへ持って来たのよ。はい、これ身上書よ。よく見てから返事して」

ラーメンを食べ終えた須田民子は一気に話した。

「心配して下さってありがとう」

友子は身上書を受け取った。

「ちょっと言いづらいけど、彼も一度結婚してるのよ。わたしの耳に入ったことは、お嫁さん二か月で実家に帰ってしまったんですって。だからそこのところは一緒になる気持ちがあったら本人に直接聞いてみてね」

友子は家に帰り、身上書を見た。彼は一人息子で大学卒業後、親の経営する不動産会社に勤務。父親は不動産会社社長、マンションや貸ビルを持っていた。要するに資産家の息子であり、次期社長という席が待っている男性である。不釣合いだから断ろうと、友子は思った。翌日は友子はスーパーが休みの日なので、夜のうちに民子の家へ電話した。

「先程はご馳走さまでした。わたし明日休みなので朝早く身上書お返しに行きます」

「気に入らなかったの?」

「とんでもない。わたしには不釣合いですので」

「そう。わかったわ」

友子は朝早くスーパーが開店する前に、自転車で家を出た。と、シャッターの締まっているスーパーの駐車場に一台の車が止まっているので、今日は安売りの日ではないのに気の早いお客さんだこと、と思って自転車を止めると、車のドアが開き、若い男性が出て来た。

「おはようございます」

と、にこにこしている。

「おはようございます、まだ開店まで十分あります、少々お待ち下さい」

と、友子は言った。

「はじめまして。森田勇です」

　驚いた友子は、

「あの、お返事は須田さんのほうへ昨夜しましたけれど」

「今日はあなたは休日だと聞いて迎えに来たんですよ」

「いえ、わたし、実はお断りしようと思いまして」

「不釣合いだなんておかしいです。さあ、僕の車で出かけましょう」

　美男ではないけれど人好きのする坊ちゃんタイプだ、と友子は思った。とにかくどのような男性なのか話をしてみるのも悪くないと思ったのである。

「結婚を前提としてあなたとおつき合いしたいと思っています。ご存知の通り父は不動産会社社長。でも僕は給料をもらい他の社員と同じように働いています。それに結婚したら親とは別居で二人でマンション生活になります」

　運転しながら森田は話した。そして着いたのは森田の自宅前だった。中には入らず門の前で車を止め、

「現在は両親と僕と三人暮らし、週に一度清掃会社から家や庭の清掃に来ます」

　大きな家で広い庭ともなればそうなのだろう、と友子は思った。

「ご立派な家ですね」

友子はこのような大きな家に住みたいとは思わなかった。

「母は今日は用事があって出かけてるから中に入らず、会社のほうへ行ってみますか」

「いえ、会社のほうは結構です」

「そうですか。じゃあ、ドライブしましょう」

「すみません。わたし今日は休みなので、洗濯したり、日頃出来ない用事をしなければなりませんので」

「大丈夫。お昼まで付き合って下さい」

友子は随分自分勝手な男性だと思った。人の意見も聞かず、自分の思う通りにして行くところは、前の亡き夫酒井とは全く正反対だと思ったのである。

「じゃあ、あまり遠方では申しわけないから中央公園にしましょう」

嫌われたくなく思ったのか森田は近くの公園に決めた。早春の公園はまだ風も冷たく、人のいないベンチだけが並び、仲のいい老夫婦が手をつないで散歩していた。

「僕はバツイチです。理由はわからなく彼女が家を出ました」

歩きながら彼は言った。

「理由を聞かなかったのですか？」

「聞いても『言いたくない、わたしが思い違いをしただけ』としか言わなかった。ですからよくお付き合いしてから結婚しましょう」

友子は返事に迷い、黙って歩いた。

「とにかくとことん付き合ってみたら」

世話した須田民子の言葉だった。森田はスーパー終了時間になる頃、必ず駐車場で待っていた。友子が休みの日は洗濯や掃除が終りほっとする午前十時頃、友子の住んでいるマンションの近くの道路に車を停め待っていた。スーパーでもマンションでも、あっと思う間に噂が広がり、結婚するんでしょう、と会う人ごとに言われ、友子は引っ越しすることも出来ず、結局は一年後結婚することになったのである。お互い結婚式は地味にということで、ふたりだけで式を挙げ、披露宴はお互いの親戚だけで済ませた。新婚旅行は秋になったらオーストラリアに行こうということで、友子はスーパーを辞め専業主婦となり、マンションで夫・勇の帰りを待つ新婚生活を始めたのである。彼の父親所有のマンションは四ＬＤＫで、子供が出来ても快適な暮らしが出来る広さだった。設備もよく出来ていて、友子はもったいないと思うほどだった。もともと好きだった料理作りは楽しく、彼もおいしいと言って喜んでくれた。彼はテクニシャンで彼の帰宅をドキドキして待つ友子も夫を愛することによって若返り、前より増して艶やかな美しさになっていった。

「やっぱり結婚してよかったわね。今度こそ幸せになって欲しい」

と、友子の母は喜んでいたのである。

二か月たたないうちに友子のつわりはやって来た。むかむかと毎日ゆううつな日が続き、梅干しだけがなぜかおいしく、あとは何も食べたくなかった。医者の薬を飲んでもそのむかむかは消えず、夜は眠れなかった。料理を作るのも嫌になり、買い物にも出たくなく、このつわりはいつ止まるのか。ゆううつな毎日が続いた。

「四か月か五か月に入ると不思議に治るから頑張って」

友子の母は心配そうに週一回来て掃除や洗濯、買い物をして帰って行った。

「ありがとう、お母さん」

友子は母親に心から感謝した。健康な時は一度も実家に顔を出さず、両親はどうしているかしら、と心配すらしなかった自分を恥ずかしく思った。

「まだ治らないの？」

つわりが二か月も続いたある日、夫・勇は不機嫌そのものだった。これがもしかすると本性かも、と思ってはいけないと思いながらもムカつけばムカつくほど思ってしまう自分を自分で責めた。一度でもいい、「大丈夫」という言葉を聞きたいと思うのは間違っているのだろうか。二人の子供がわたしのお腹の中に芽生え、育ちつつあるのだからと、友子はつわりだからこのような精神状態になるのだ、と自分の考えを打ち消し、なるべく明るく振舞い、勇が帰宅する頃は顔色の悪い顔に紅を入れて料理づくりに励んだ。

「おめでとうございます」

病院の先生に腹帯を締めてもらう頃は、やっとつわりもなくなり嬉しい日々が続いた。胎動を感じ、暑い夏もしっかり帯を締め、友子は嬉々として体を動かした。実家にもお腹があまり目立たないうちにと、電車に乗り時々訪れた。友子はもう自分の顔の整形のことをすっかり忘れていたのである。

「友子、もし赤ちゃんが友子似だったら、『ここのおじいちゃんに似た』と言うことを忘れないのよ」

と、母親が二人きりの時言った言葉により、そうだわたしは本当のわたしの顔ではないのだ。そして母はそのことを一時《いっとき》も忘れたことはなかったのだということがわかったのである。

「そうよね。お母さんいつも心配していてくれてありがとう」

「そのためにも中学時代の友達と会うといけないから用事がある時は、わたしのほうから行くからね。弟の学にはそっと言ったの。でも学は『それはよかった』と言ってくれたし、お父さんも友子がスーパーで働いていた時は時々元気な友子の姿を見に行っていたのよ」

「そうだったの」

友子には家族のあたたかさがしみじみと有難かった。

暑い夏は友子にはなおいっそうの暑さを感じさせた。勇は友人とサーフィンに出かけたり、泊まりがけで海水浴に行った。結婚以来初めて訪れた姑は、

「今年の夏は暑いわね。友子さんつわりがひどかったんですって。でももう大丈夫。体に気を付けて丈夫な赤ちゃんを産んでちょうだい」

と、言って冷蔵庫にプリンやヨーグルトを入れて帰って行った。

「ありがとうございます」

友子は嬉しかった。お腹の中の子は夫に似て欲しい、お腹をさすり『パパに似るのよ。あなたはパパに似るのよ』と、毎日のように言葉をかけたのである。

涼しい秋風が吹き始め、長雨の日が続いた。病院へ行く途中に秋海棠《しゅうかいどう》の花がしおらしく

咲いていた。〝秋海棠の君〟と言われていたクラスメートを友子はふと思い出した。しおらしくやさしい彼女は雛人形のような顔をして、その友人だけは友子のことを決して嫌がらなかったことを覚えている。でもクラスメートの手前友子をかばうことも出来ず、堪えてねと言うように笑顔を見せてくれたことを、今頃になって友子は思い出した。女の子だったらあのような子が産まれたら最高、と友子は思った。

新しい年が来て友子の出産日もあと一か月と迫った。お正月は二人で勇の両親の家へ泊まり新年を祝った。

「今年は本当にお目出度い続きの年になりこの上なく嬉しい」

義父である社長の喜びようはそれこそ最高だった。親戚や社員の家族が次から次と、新年の挨拶に訪れ、お手伝いさんと、友子は大忙し、義母は、

「お腹に気をつけてね。転ばないように、ぶつけないように」

と、友子を気づかってくれた。一月四日の夜、友子は勇と共にやっと我が家のマンションに帰れたのである。勇は、大変だったねと、言ってくれなかった。坊ちゃんだから人を気遣う言葉を知らないのかしら、と友子は思った。

「やっと二人きりになれたね」

と、彼は言って大きなお腹の友子の体を求め、抱いたのである。

一月下旬、珍しく晴れ上がった日、夕べからの陣痛で入院した友子は女の子を出産した。

「おめでとう」

義父も義母も喜んでくれた。友子は幸せだった。この小さな赤ちゃん、こんなにも愛らしく、いとおしいものとは想像出来なかった。顔をくしゃくしゃにしたり、大きなあくびをし、くしゃみをしたり、何時間見ていても飽きない我が子の顔は、鼻が低いのも目が細いのも口が大きいのも問題ではなかった。

「やっぱり似ちゃったようね」

明日退院という日、母がそっと友子の耳にささやいた言葉にも友子は、「そうかしら」と言うほど、器量なぞ全く気にしないほど可愛さがいっぱいで母乳を飲ませていた。友子の母乳は見事に出て、飲ませるたびに母親としての快感を感じ、どんなに忙しくてもそれは幸せな忙しさだった。名前は義父が〝瞳〟とつけた。お宮詣りも実家から送られた産着《うぶぎ》で無事終り、瞳はすくすくと育っていったのである。

姑は瞳の顔を見に来るたびに玩具を買って来た。可愛くてどうしようもない様子に友子も嬉しかった。

「おじいちゃんにも会いに来て」

という義母の言葉に、友子は一週間に一日は瞳を連れて夫の実家を訪れた。家族全員に愛される瞳を産んだ自分も本当に幸せいっぱいだった。瞳ちゃんは天使だわ。友子は義父や義母が瞳を抱いている時は、台所に立って、昼食や夕食をつくった。瞳にかかりきりの体と神経を休めるチャンスだったのである。夫の両親は喜んでくれた。可愛い孫が来てくれると、友子の料理が食べられるということで姑は肉や野菜を前の日には買い込んで冷蔵庫に入れて置いてくれた。瞳は這い這いをし、つかまり立ちをし、歩けるようになった時は一年二か月になっていた。「うまうま」「ぶうぶう」と、片言言葉も言い出し始めた頃、夫の外泊が始まったのである。「明日は会社に泊る」から始まり、「伊東出張」「軽井沢出張」「北海道出張」となった。北海道出張は三泊四日だった。

「急に出張が多くなったのね」

「ああそうだよ」

待っていた春が訪れ、桜の蕾もふくらんであと一週間で満開という日、友子は久しぶりに義父母の家を訪れた。瞳の靴を買ってもらったお礼かたがた瞳の歩く姿を見てもらおうと送られて来た靴を履かせ、バスに乗り訪れたのである。

「ごめんください」

玄関を入るといつもとは違う家の中の空気が感じられた。

「あら、若奥様いらっしゃいませ。まあ可愛い瞳ちゃん、こんにちは」

珍しくお手伝いさんが出て来た。

「あのうお母様は？」

「今日はちょっとお出かけになったんですよ」

「あらそうですか、わたし電話をしてから来ればよかったですね」

「まあとにかくお上がりになってお待ち下さい。夕方には帰ってらっしゃいますから」

義母が帰宅したのは午後五時を過ぎていた。

「あら瞳ちゃん、待たせちゃってごめんなさい」

友子は瞳の靴のお礼をし、

「もう主人も帰って来ると思いますので」

と、言って瞳を抱きマンションへ帰った。勇は帰って来なかった。嫌な予感が友子の脳裏をかすめた。整形手術がわかってしまったのだろうか？　それとも夫の勇に好きな女性がいるのだろうか。

実際、勇は友子がつわりで苦しんでいた頃、テニスクラブの若い女性にお熱くなり、毎週日曜日にその女性を口説いていた。最初の頃は、

「森田さん奥さんがいて、しかも赤ちゃんが出来るんでしょう?」

と、その女性は森田を相手にもしなかった。

「妻とは離婚し、君と結婚したいんだ」

「そういう男性に限って、結婚するとまた別な女性に走るのよね」

「君だったらそんなことないよ」

「美人の奥さんなのに悪い人ね」

若い女性である鈴木久美子は勇の口説きには乗らなかった。久美子が逃げれば逃げるほど勇は追いかけた。我儘お嬢さんのような久美子は、母性的な友子にない魅力があったのだ。と、言うより勇という男は得るまで真剣、得てしまうと満足し、また変った別な物を欲しがる、要するに浮気性の男だったのである。久美子はSB温泉ホテルの娘、幼い頃から自由奔放の性格で、ボーイフレンドは沢山いるし、純情な友子とは違っていた。この女性を自分の物にしたい、と、勇は夢中で追いかけたのである。帰宅すると友子は暗い顔をして料理をつくっている。ころころと笑い転げる久美子と違っておほほほと笑う。つわり

が終り、明るくなった友子を抱いても、なぜか最初の感動がうすれた。事務的な処理方法しか感じられなくなった勇は、ますます久美子に情熱を湧き立たせた。真夏の太陽の海で昼は二人で泳ぎ、夜の砂浜で彼女と戯れた勇は、彼の思い通り久美子を自分の物に出来た。その快感は、汗だくで作業をし、大切な物をつくり上げた喜びに似ていた。久美子もまた逃げても追いかけて来る熱いものに負けたにもかかわらず、不思議ないとおしさを彼の胸に感じるようになってしまったのだった。勇は妻の大きなお腹も忘れ、そのお腹の中に自分の分身がいるのも忘れ、久美子に溺れていったのである。

つわりのない久美子が妊娠に気が付いた時は、もう四か月になっていた。勇は冷静な顔で、

「産んで欲しい」

と、言った。

驚いた久美子の両親は勇を呼び出し、

「困る、どうしてくれる」

と、抗議した。

「僕は久美子さんと結婚します」

勇の両親は鈴木家に呼ばれ、今後の二人の結婚についての相談をさせられたのである。

「全く困ったわね、社長の場合はお金で済む女性と遊んだのに」

勇の両親は本当に困り果てた。可愛い瞳を抱きながらも、友子の料理を食べながらも、悩んでいたのである。瞳がよちよち歩きを始めた頃、久美子は勇にそっくりの男の子を産んだ。

「男の子だし勇にそっくりだから引き取って家で育て、久美子さんには謝って。お金で済めば一番いいけど……」

と、言う母親に、勇は、

「友子とは離婚し、久美子と結婚する」

と、言い張った。

瞳可愛さに忙しい毎日を送っていた友子にも、勇の変わってきたことには気付いていた。あのように激しかった人が別な相手でもいるのかしら、と心の中で疑っていた。瞳もあまり可愛がらず、勇は子供より女性の体が好きな男性なのだ、と友子は思った。

暖かい春が来た。桜も満開になり瞳をベビーカーに乗せ、のんびり親子でお花見をした。

友子にとってお花見は久し振りだった。義父母が珍しく二人揃ってマンションを訪れたのは桜も散り葉桜が雨に濡れ、外出したくないような雨降りの午後だった。

「瞳ちゃん、はいお土産」

「まあ、可愛い熊さん。ありがとうございます」

友子と一緒に瞳もありがとうと可愛く頭を下げた。大きな熊のぬいぐるみは青い帽子をかぶり、赤い服を着て、黒のズボンをはき、緑のソックスをはいていた。

「友子さん、誠に申し訳ないことになりました。馬鹿息子を許して欲しい」

義父は頭を下げた。

「まあお父様、頭を上げて下さい」

「友子さんという妻がありながら、別な女性に子供まで産ませて」

義母の言葉に友子は驚いた。

「どうして主人は直接わたしに言わないでお父様お母様にそのような事を言わせるのでしょう。まして子供まで出来たなんて」

「本当に悪いのは勇です」

「でもわたし勇の妻ですから、その子を育てさせて下さい」

「それが、その勇がその女性と結婚したいと言い張って」

「えっ、それでは二人妻を持つと言うのですか？」

「友子さんには誠に申しわけないけれど、多額の慰謝料と瞳ちゃんの養育費を支払うということで。誠に申しわけない」

義父母は再び頭を下げた。

「わたしとは離婚ということですか？」

友子は驚いた、本人が言わずに、両親に頭を下げさせ、お金も出させる勇という男は全く卑怯な男でしかなかったのだ。

三人の沈黙の時が過ぎた。何も知らない瞳だけが、熊のぬいぐるみを抱いたり寝かせたりして遊んでいた。義父母は雨の中、義父の車に乗って帰ったのは午後五時過ぎだった。

やっぱり浮気男だったと言うより飽きやすい男だったのだ。浮気なら妻は妻として外で別な女と遊ぶ。勇の場合は新しい女性が出来ると今までの女性はいらなくなる。友子は一人ならともかく瞳がいるのに全く卑怯な男と腹立たしく思った。両親が話をしてくれたから安心と思ったのか、その日の夜、夫勇は帰って来たのである。

「おかえりなさい」

友子は瞳が眠っていたので、勇の胸に身を寄せてみた。ちょっと驚いた勇は
「ただいま」

と、言って友子の肩を抱いた。

「あなた、瞳のこと可愛くないの」

「可愛いよ」

「じゃあ、瞳を置いて行くから今度の女に育ててもらって」

友子は心と反対のことを夫にぶつけた。

「えっ、だって僕そっくりの産まれたばかりの赤ちゃんがいるんだよ」

「まあ、その子はあなたそっくりなので瞳はいらないってことね」

「そういうわけじゃないけど」

「そういうことでしょう。わたしと別れるということは」

「ごめん、こんなことになって」

「あなた、わたしの気持ちを踏みにじったのよ、その女性のどこがよかったの?」

「ごめん」

「最初からわたしを騙したのね。こうなるのだったらわたし、あなたと結婚しなかったわ」

友子は義父母の前では我慢していた涙があふれ出した。思いきり勇の胸を叩いた。こんな男に嫉妬している自分が惨めだったけれど、何も悪いことをしたわけでもないのに捨てられるなんて我慢出来なかった。

「騙したんじゃないよ」

勇は抵抗する友子の体を抱き、新婚当時を思わせるように激しく愛撫したのである。このようにして今度の女を抱き、自分の物にしたこの男。憎らしさが込み上げれば上げるほど、友子は自分が驚くほど野獣のように勇に絡み付いた。勇も、

「ごめん、悪かった」

と、言いながら、今までに見たこともない友子の燃えた体を愛撫し、抱いたのである。

「このことによりあなたに似た男の子が出来たら、またわたしと結婚する」

友子は勇を困らせてやりたかった。この言葉に驚いた勇は、友子は何時からこのようになったのだろうと焦った。友子は妊娠なんかする時期ではなかったけれど、この女たらしの勇を困らせてやりたかったのである。

友子が荷物をまとめ、瞳を連れマンションを出たのは多額の慰謝料をもらい、瞳の養育費をきちんと決めてからだった。瞳を連れ友子は実家へ帰った。弟は結婚し、遠方に住ん

だため実家では定年退職した父と母のふたりで暮らしている。

整形手術をしたおかげで、わたしは失敗であっても二度の結婚を経験した。何より可愛い瞳が出来た。今度は両親にわたしが心配をかけた分、恩返しをしよう。両親も年と共に体が弱っていくだろう。万が一病気になった時は、わたしが看よう、そして瞳が成長しやがて少女になり、わたしと同じ悩みをかかえたら整形手術を勧めればいい。今度はつんと高い鼻ではなく、やわらかな女らしい鼻にしてあげよう。友子は幸せだった。やさしい酒井との思い出があり、何よりも可愛い瞳がいる。瞳の成長を楽しみに、両親と和やかな日が続くことを願って、生きて行こうと思ったのである。

秘密

多忙な毎日を送る照美にとって、今日しか見られない見事な洋蘭の展示会に心を癒し、その美しさに目を見張っている所へ、突然の弘美からの電話に驚いた。展示会を出た照美は、臨時集合の合図を受けた。

「仁美がどうしても相談したいことがあるんですって」

「第二日曜まで待てないの」

「待てないらしいのよ。場所はいつものところ。午後二時はいかが」

「はいはい。仁美のお願いじゃ行かねばならぬってわけね」

第一日曜日の当日あいにくの雨、それでも三人はデパート八階の甘味処で顔を合わせた。

「仁美どうしたの?」

「早く言いなさい」

仁美、照美、弘美は小学校時代からの仲良し三人組。三人とも名前に美がついているということで三美会と名づけ、他の友達からも「三美会まだ続いているの」と、言われるほどの仲だった。

　照美は誰とでも遊ぶタイプのため、小学校四年生の時がっちり組んだ二人組、三人組、四人組から外され、クラス全員のいじめに遭い委縮してしまった性格を、五年生でいち早く三人組をつくり、それが中学校まで続いたのである。高校は三人別な高校へ行っても三美会は学校でも咎《とが》められない美術館の喫茶店を集合場所にして、一か月に一回、近況報告や心の悩みを話し合っていた。高校を卒業した照美は薬科大を卒業し薬剤師に、弘美は短大を卒業したが就職試験に四か所も落ち、市役所の臨時職員をしていた。結婚願望の強かった仁美は専門学校を卒業し、彼女の願望通り、去年の六月結婚したのである。

「あんなやさしい旦那様と喧嘩でもしたの?」

　盛大な結婚式に招待された二人は、仁美のご主人をよく知っていた。六歳年上の銀行員で、銀行員そのものの腰の低さとやさしい笑顔に、

「仁美は幸せよね」

　と、言って祝福したのである。

「黙っていてはわからないでしょう」

「そうよね、早く言いなさいよ」

二人にせかされて仁美は、重い口をやっと開いた。

「あのう、わたしまだ処女なの」

「ええっ」

照美と弘美の驚きの声の大きさは近くのテーブルの人達の視線を集めた。

「そんなことないでしょう。わたし達二人ともまだ結婚していないからよくわからないけど、それ、おかしいんじゃない?」

照美が声を低めて言った。

「本当なの?　わたしは経験者よ」

弘美が平然と言ったので照美はまた驚いた。

「彼になの。どうして体まで?」

「愛情のなりゆきよ」

弘美の言葉に仁美は涙ぐみ、

「わたし、愛されていないのかしら?」

「新婚旅行の時はどうしたの?」

「それが『疲れたでしょう』と言って、何もなく帰ってきたの。こんなこと誰にも言えないから今まで変だ変だと思って、もう一年と二か月経ったでしょう」

「それ神経性の病気なんじゃない？」

「病気」

「そうよ、要するに夫婦生活が出来ない病気よ」

「それ男性だけの病気なの？」

「女性だって恐怖症というのがあるんじゃない？」

「わたしならかえっていいわ。せいせいしてそれに子供が出来ないのだから一生若々しくいつまでも働けるでしょう」

照美は仁美の悩みはそんなことだったのかと思った。照美が男嫌いになったのは小学校四年生の時、男子生徒のいじめからである。照美の顔を見ると、

「気持ち悪い」

と、言って逃げ、最初は二人だったのが二十二名の男子と二十名の女子が机を離し、照美が行く方向、さわらないように逃げた。

「気持ち悪いと言ったら、『気持ち悪いのなら保健室に行きな』と言ってやりなさい」

と、母や姉に言われても、心が委縮してしまって言えなかった。四年生の一学期の終わ

り頃から始まり二学期、三学期とそれが続いたのである。

五年生になりクラスが変わり、やっといじめが終わっても照美の男性嫌いは後遺症となって現在まで消えないでいたのである。

「照美は独身主義だからいいけれど、仁美の場合は幸せな家庭をつくることに憧れて結婚したのだから困るのよね。で、ご主人は平気な顔しているの？」

「ええ、やさしい人なのに変なのよ」

「病院に行ってみたら？　そのような男性が世の中にいるということが不思議に思えてならないけど」

弘美が経験者だからあのようなこと言っていると思いながら、照美はあまり興味のない話に大きなあくびをした。

「照美、ごめんね。こんな話に付き合わせて」

仁美は独身主義の照美まで来てもらったことに後悔した。

「やっぱり病院に行くしかないんじゃない」

弘美のこの言葉でこの話は終わったと思った。ところが照美が、

「だから子供が出来ないことをわかっていて、彼のお母さんは仁美にお人形づくりを勧め

たんじゃない、要するにあのお人形顔から手、足までつくる。そして体で感情を表現するでしょう。細かくて心を入れないと出来ない作品、心をお人形に注ぎ込んでいれば、夫婦生活の一部のあのことなぞ忘れてしまうということよね。もしかしたら彼のお母さんは彼の病気を知っているような気がするけど」

「そう言われてみると、そうとも考えられるけど。肝心の仁美はどう思う?」

「わからないわ、でも赤ちゃんはまだって実家の母のようには聞かないわね」

「でしょう」

「やさしい旦那様を持って、仁美は幸せだと思っていたのにね」


仁美の嫁いだ門田家は、父親は銀行の取締役、母親は茶道華道の教師をしていた。見事な枝ぶりの松の木がある格子戸をくぐると、玄関までの石畳も長く、左手に広い庭のある義父母と彼の妹が住んでいる家があり、右手の新築二階建てに門田良一、仁美夫妻が住んでいた。仁美は照美、弘美と別れてから、夫の恥を言わなければよかったと後悔した。やさしい夫だけに、わたしに病気を言えないでいるのかもしれないと思うと、悪いことをしてしまったと思いながら格子戸をくぐった。

「ただいま」

玄関を入ると珍しく義母が来ていた。

「あらお帰りなさい。今日は人形教室の日ではなかったですよね」

「はい、ちょっとお友達と会って話し込んでしまったものですから」

「そうそうこの間の〝仲良し〟という子供のお人形見せて欲しいと思って顔を出したのよ」

「はい、これですけれど」

仁美の出した人形は五歳ぐらいの男の子と女の子が手を繋ぎ、片方の手には女の子は摘んだ小花、男の子は紙飛行機を持っている人形で、男の子は白いシャツにグリーンの帽子とベストを着て紺色の半ズボンをはき、女の子はピンクの水玉のブラウスに赤いスカートで赤い靴をはいていて、何とも微笑ましい幼い子の仲良し姿だった。

「まあ可愛いこと、この男の子の帽子とベストが同じ色というところがすてきね」

「ありがとうございます」

義母が帰った後、夫と二人になった仁美は着替えをすませるとコーヒーを入れた。

「遅くなってごめんなさい」

「いいよ、三美会は楽しかった?」

「ええ」

仁美は次に作るお人形の準備をした。夜が来るとなぜか仁美はこの頃眠れなかった。

「病院に行ってみましょう」

とは、どうしても言い出せなかった。やさしい夫なのに、どうして言えないのかしら。夫婦はやはり夫婦生活を営んで初めて何でも言えるようになるのかしら？　仁美の心はひとり淋しい森の中を歩いていた。

これからの三美会は年に二回、一月と七月にしましょう、と多忙な照美からの提案で他のふたりも賛成した。仁美はあのような夫の話をしたのでふたりは嫌いになってしまったのかしらと思った。このようなことは友人に言うべきではなかったのかもしれない、仁美は今夜こそ夫に話してみようと思っていたのである。

「ねえ、あなた。わたし達これで夫婦なの？」

「当たり前だろう」

この夫は何も知らないのかもしれない。よい大学を出るために勉強ばかりして、女性を本当に知らないのかもしれない。仁美だって結婚する前は婦人雑誌を読まなければわからなかったことを、どう言えば良いのかしら？

「あのう、夜の夫婦生活のこと」

つぶやくように言った。

「夜、仲良く一つのベッドに寝てるじゃない。これでいいんだよ」

夫は平然としていた。仁美は弘美に言われた通り、

「わたしを抱いて」

と、言って夫の上に乗ってみた。すると夫は、

「よし、よし」

と、言って仁美をパジャマのまま自分の体の上に乗せ、背中を愛撫したのである。


良一の心は勤めに出ても平然とはしていられなかった。妻は昨夜僕を試したではないか。夫婦の夜の生活のことは知識だけはわかっていた。しかし営もうとも思わなかった、というより彼には営むことが出来なかった。だからどのような美しい女性を見ても、普通の男性のように（あのような女性と結婚したい、あのような女性を抱いてみたい）という気持ちが起きなかった。良一が幼い頃父が知らない女性に送られて帰宅し、嬉しそうな顔というより、父らしくない男の顔をさらけ出した時、母が悲しみから怒りになり、度重なった

時父にひどい言葉を浴びせたことが、幼かった良一の脳裏に焼きついている。僕の大好きな母さんは、あのようなことは嫌いなのだと——。

母は良一を自分から生まれた分身として、夫より愛した。夫に対する愛情は生活させてもらっているから、結婚したからだった、が息子良一に対しての愛情は、たとえ火の中、水の中でも良一のためなら飛び込めるというものだった。「良一、良一」と可愛がり、またおとなしい良一は「母さん、母さん」と、母親の姿が見えないだけでも心配し捜し求めた。幼い頃の親子の関係は大抵それが普通なのである。しかし息子のほうが成長し変声期になると、手のひらを返したように変わり、母親のそうした愛情が疎ましくなり、やがては母親であっても一人の女性として見るようになる、それが良一にはなかった。精神的に母親離れが出来なかったのか、身体的影響によってそうだったのか、良一本人にもわからなかった。だから結婚はしたくなかった。しかし母親にそれでは世間体が悪い、親戚にわたしが何を言われるかわからないと、母に嘆願され結婚したのである。

照美はこの頃二人に会うのが煩わしくなってきて、年二回を提案したら仁美も弘美も同意したのでほっとしていた。仁美のように夫に食べさせてもらい自主性のない女性や、弘美のように貞操観念のない女性も鼻もちならなかった。わたしをいじめたあの男達は今成

人し、おそらく女性なしでは暮らせなくなるのではないか。あの頃わたしがもっと大人だったら、

「あなた達、大人になったら女性なしでは生きて行けないのわかってるの？」

と、言ってやったのにと、思い出しても悔しかった。委縮して言えなかったから、こうして悔しさが残る。反発し、言っていたらと、思うと言えなかった自分にも悔しさが込み上げるのだった。両親が勧める見合いの話も、病院や薬局で照美にアタックして来る男性も、全部見向きもしなかった。次第に周囲の人達は照美を「男嫌いな女」と言うようになったのである。


暑い夏が来た。弘美の車で照美仁美は茨城の海岸に一泊で海水浴の三美会をした。ホテルに荷物を置くと三人はすぐに海岸に出た。焼けた砂浜をビーチサンダルで走り、子供のようにはしゃぐ三人はもう二十六歳の女盛りなのである。ビーチパラソルをひろげ仰いだ空には、ぽっかり雲が三つ浮き、小学校の臨海学校をよみがえらせた。

「仁美、子供が出来ないから海水浴にわたし達と来られたのよ、そういう点ではご主人様に感謝しなくてわね」

と、照美が言うと、

「そうかしら、そんな結婚生活、味気ないでしょう」

弘美の言葉に仁美はしんとしてしまった。

「いいから泳ごう？　あの浮いているマリのあるところまで、そおれえー」

照美は走り出した、弘美も走った。仁美は走る気になれず歩いて後について行った。

「よう、彼女」

これ以上先に行ってはいけないという場所にぷかぷか浮いているロープで繋がれたマリの所に照美が泳いで行ったのを待ちかまえていた男性がいた。無視する照美の後から泳いで来た弘美が、

「こんにちは」

と、手を振る。彼は弘美のほうに手を伸ばし、二人は手をつなぎ合って泳ぎ出した。たくましい男性の体は弘美を引き寄せ、弘美はその男性と並行になり男性は弘美を背負う形で二人は泳ぎ出した。照美は唖然とした、もしかしたら弘美はわたし達に内緒で、あの男を呼んでいたのかもしれない——そう思いなるべくふたりと離れて泳いでいた。と、ふたりは近づいて来て弘美がするりとその背から下りると、男のたくましい腕が照美の手を取

り、泳ぎ出した。

「やめてよ、わたしは弘美と違うのよ」

照美が叫んでも男性はただ笑顔で泳いでいる、照美は近くのマリにしがみつき男性から離れようとした。

「大丈夫だよ、悪いことはしないから」

と、言って男性は去って行った。仁美は何も知らず一人で浅いほうで泳いでいた。砂浜に上がった照美は、

「弘美、あの男性と約束していたの？」

と、怒った。

「約束なんてとんでもない、彼は海の男。都会にあのような逞しい男性はいないでしょう」

仁美は、

「どんな男性？」

と、言って弘美と手をつなぎ、男達を紹介してもらいに出かけたのである。男達も男性同士三人で来ていた。

「よう彼女」

あの男性が弘美を見つけ手を上げ、友人のふたりを紹介した。陽焼けした三人は地元の大学生だった。仁美は、

「やさしい男性もいいけど、逞しい男性はもっと素敵ね」

と、三人の逞しい腕と胸に見入っていた。

「こら、奥様は浮気してはいけません」

弘美はおどけて言った。ビーチパラソルのない三人男性は、すぐ弘美達の隣に陣取った。

「どこから？」

「内緒」

照美は弘美、仁美に言われないうちにきつい口調で言った。

「どこだっていいや、泳ごう」

三人の男達は海へ走った。男嫌いの照美も泳いだほうが楽しいので、弘美、仁美の後についた。弘美は例の男性と泳いだり波乗りに興じていた。仁美は逞しい手をしっかり握り、夫とまるで正反対の男臭い男に魅せられ、嬉々としていた。わざと男性の体にぶつかり、このような男性もいたのかと甘い興奮を感じていた。もうひとりの男性は照美を男嫌いと知って、そばに来なかった。照美は安心してひとりで泳いだのである。

夜の海岸は危険と言われていたので三人はゆっくりとホテルでくつろいだ。

「明日は早めに引き上げないと車がこむから午前中にお土産を買って帰ることにしよう」

照美の言葉にもう少し遊びたかったふたりも従ったのである。

照美は小学五年生の時、今度はいじめられないようクラスを見廻し、どのグループに入るか考えた。クラスで一番おとなしくあまり頭の良くない仁美を見つけ、算数がわからない時は教えた。仁美は喜んだ、もともと仁美と弘美は家も近く仲良しだったので、結局三人組になったのである。照美はこのような二人組、三人組という小さく固まるのは好きではなかったけれど、そうしないとクラスの旅行や発表会の時、

「好きな人と組みなさい」

と、言う先生の一言で、一人になっていじめに遭うということを四年生で味わったので、どんな嫌なことでも組んだ以上は、自分の気持ちを殺しても合わせる、そして決して離れない。そうやってきた。弘美と仁美は頭のいい照美を尊敬し、中学生になってもわからないところは教えてくれる照美についていった。中学生までは照美も二人に無理にでも合わせた。大人になり我慢する必要がなくなり、自分の意見をきっぱり言うことが出来るようになったのである。

門田家は嫁の仁美の留守中に、家族で話し合いをしていた。

「だから僕は結婚するのは嫌だと言ったのに、仁美はもう感づいている」

「しないほうが良かったかな」

父はこれしか言わなかった。

「でも結婚しないとなおさらおかしいと思われるでしょう。あの娘なら大丈夫と思っていたのに」

「お母さん、現代はそうはいかないわ。誰だって結婚すれば夫婦生活をするぐらいの知識はあるもの」

妹の恵子は仁美より一歳下の二十五歳になっていた。二十三歳の頃母と兄の話していることをこっそり聞き、兄は男性であって男性でないことを知ったのである。

「嫌になって離婚になったら、その時は仕方ないでしょう、現在は成田離婚もあるし、女性のほうから離婚する時代ですもの」

良一の体は根気よく治療すれば治る可能性がないでもないらしいが、良一自身がやる気がなかった。結婚する気もなく一生独身でいいと思っていた。仁美のことは可愛いと思った。それは幼い男の子が可愛い女の子を、可愛いと思うのと同じだったのである。

「だから結婚しなければよかったんだよ」

四人はしゅんとしてしまった。

「お兄さんが根気よく病院に通えばよかったのよ」

妹は兄を責めたのである。


仁美は夏の終わり頃から秋の人形創作に取りかかった。題は令嬢から花嫁になり、パートナーになった。女性だけの人形をつくっているうちに淋しくなり、男女が社交ダンスをしている人形に決めた。それも、男性にタキシードを着せず、ラフな姿にし女性も短いスカートをはき、モダンダンスでなくラテン系のダンスをしている人形を考案し、制作し始めた。つくりながら仁美はふとあの夏の逞しい男性の影響かしら、と自分一人で楽しんでいたのである。肉体美の男性に黒の薄い上着を着せ、同じ黒の裾に行くほど太くなるズボンをはかせた。踊るたびに激しいラテン系のダンスは、広いズボンの裾がゆれる華麗さを想像した。女性人形も胸部とヒップを強調し、それを支える脚はあまり細くなく艶のある脚の形に仕上げた。衣裳はおへそが見えるような薄い赤のビキニ風でブラウス、スカートは思いきり短く踊るたびにパンツまで見え、人の目を楽しませるような人形をと、銀色の水着のようなパンツをはかせたのである。出来上がるまでは心わくわくなのだ。発表会には照美と弘美に来てもらうことが何よりの楽しみだった。照美は何と言うかしら、弘美は今年の夏が影響している事を感づくかしら、と思うと楽しみが倍になった。夫と夜の生活のない事などすっかり忘れさせられたのである。

「まあ素晴らしい、この秋の作品は上出来ね」

発表会を見に来た照美も弘美も、声を揃えて褒めてくれた。先生は、

「今回の門田仁美さんの作品は艶があって生き生きしている。人形同士の愛情さえ感じられる素晴らしい作品ですね」

と、嬉しい批評をいただいたのである。

秋は駆け足で過ぎ、銀杏並木の道路は黄色に染まり、栃の木の天狗の扇子のような葉も、アスファルトの道路を茶色に染めた。

「わたしは不器用だから、仁美のようなお人形づくりは出来ないわ」

と、言う弘美は二人には内証で上岡という男性と同棲生活をしていた。弘美にとって上

岡は三人目の彼である。最初の彼は外見に惹かれ、彼女は夢中になったものの、あまりにも遊び人なので一年で別れ、次の男性は真面目でいいと思ったけれど常に弘美を干渉し、息苦しくなって別れたのである。市会議員をしている父は、公務員との結婚を勧めていた。上岡は自動車修理工だった。技術屋の彼は口も文字も下手であっても器用な男性で、弘美の車の故障を手早く修理した。照美の嫌いな、野暮な男性でも弘美にとっては何より気が楽だった。気を遣わずに我儘も言えた。弘美には地位や名誉など関係なかった。男性の逞しさと包容力が魅力だった。父親は名誉とか地位ばかりを気にし、弘美の結婚を進めていた。弘美にとってその反発も少しはあったのかもしれなかったのである。

つわりのない弘美が妊娠に気がついた時は四か月に入っていた。結婚式も挙げず子供が出来たということで、両親の憤りは格別だった。特に父親は上岡をまるで仇同士のような目で睨み、

「娘をたぶらかして」

と、言った。

「わたしは二十七歳です。彼を選んだのはわたしのほうです」

と、弘美が言っても、

「おまえは、だまされたのだ」

と、言って話し合いなど出来なかった。確かに彼は中小企業で給料も安く社交性もない。でも体に技術が付いている、その技術は誰も持って行くことは出来ないのだ。技術を磨けば独立だって出来得る。弘美の熱心な説得にも父親は、

「勝手にしろ」

の、一言だったのである。

あふれるばかりの緑の五月、弘美は男の子を出産した。真っ先に病院に駆けつけた仁美は、

「まあ可愛い、可愛い」

の連発だった。退院一日前にお祝いに来た照美は、

「おめでとう、三美会ではママ第一号ね」

と、祝ってくれた。

弘美の赤ちゃんを見た仁美は、わたしも赤ちゃんがどうしても欲しい、と思う心は募るばかり。産婦人科にひとりで相談に行き、「ご主人も一緒に」と言われ帰って来た。度重なる仁美の赤ちゃん願望に夫・良一は、

「ごめん、そんなに子供が欲しいのなら離婚しかない」

と、言ったのである。

仁美は悔しかった。やさしいと思っていた夫が放った言葉は、自分の責任を簡単に離婚で片付けようとしている。なぜ結婚する前に、病気のことと子供はつくれないことを話してくれなかったのか。わたしは門田家の世間体の犠牲になったのだ。あのやさしい笑顔はつくり物だったのだろうか、悶々として人形づくりをしている自分が騙された女人形に思えたのである。

門田家の義妹に良縁の話が急に持ち上がり、義父母は忙しくなった。恵子二十七歳の六月、門田家を出、菊地恵子となって東京の宝石店の若社長に嫁いだのである。結婚式は東京のホテルで取引関係会社も多く、盛大な披露宴だった。新婚旅行はアメリカ西海岸五泊六日で、お相手の次期社長はきりりとした好男子、幸あふれる義妹を見て仁美は、わたしも結婚式の時はあのように幸せな顔をしていたのにと思ったのである。

義母は淋しくなったのか一週間に二日は良一夫婦のところを訪れ、仁美のつくった人形を見たり、材料の布を買って来て置いていった。茶道華道の生徒も少なくなり、暇を持て余していた。義父は義妹が嫁ぐとまもなく定年になり、相談役となった。夫・良一と反対で活動的な義父は、家にいることは少なく、外出の日が多かった。広い庭があるのに家にいて盆栽を好むタイプでなく、仲間とゴルフに行ったり、若者とお酒を飲み、カラオケに行ったり、と社交的な父なのである。夫・良一が外出好きだったらカラオケに連れて行ってもらえたのにと仁美が思うほど、彼は女性よりも静かだった。あれ以来仁美も暗くなっているわけにもいかず、迷いながらも人形づくりに励み、義妹がいなくなった後、義父母の家の部屋も時々は掃除に行っていたのである。

弘美がママになってから三美会もしばらくお休みになり、仁美から提案は出来ず、仁美はしばらくぶりに実家に帰ってみた。

「あら、どうかしたの？」

と、母に言われるほどご無沙汰だったのである。

「本当にしばらく、勇の結婚式以来よね」

勇は仁美より二つ下の弟である。

「門田家でも妹さん結婚して、ご両親は淋しくなったでしょうね」

「あの時は、お父さん、東京までありがとう」

「勇の赤ちゃんはもうじき一歳。時々三人で遊びに来るけど、それは可愛いのよ、仁美はお人形づくりばかりしているから子供が出来ないんじゃないの」

「そんなことないけど」

「あちらのご両親は出来た方だから、何も言わないでしょうけれど、きっと淋しいわ」

仁美は夫・良一のことを言おうと思ったけれど言えなかった。話すのだったら、もっと早い時期に話すべきだったと思うと、七年あまりも経ってしまった現在、話したことにより、

「どうして今まで言ってくれなかったの？」

と、母は悲しむかもしれないと思うと、言葉が出なかったのである。

「お父さんは元気？」

「元気よ、この頃釣りに凝ってるのよ」

「昔から好きだったものね」

母は年を取った。目尻になかった皺が出来、何となく顔につやがなくなった。仁美は夫の話はせず、お土産のシュークリームをおいしいと喜んで食べてくれた母に、ただ笑顔を見せただけで母と別れたのである。

ふたりから何の悩みの相談もない照美は、ふたり共元気なのだろうと自分も青春を謳歌していた。医薬分業で病院から離れた薬局専門のグループ会社に移り、マンションを買って生活も独立し、これからが本当の独身生活、と張り切っていた。仕事で疲れ我が家に帰ると明かりがつき、母の手作りの温かい夕食があった。ところがひとりになったその日から朝食夕食をつくらなければならない。冬は寒く暗い誰もいない部屋に、

「ただいま」

と、言って帰る。強気の彼女は慣れれば大丈夫、とひとり自分に言い聞かせていた。面白いテレビを見て、思わずあははと笑ったら自分の笑い声しかなく、思わず周囲を見まわす自分の姿に、彼女自身驚いたのである。何事も慣れ、彼女は自分が選んだ人生を否定したくなかった。わたしの信念、それでいいのだと。

一か月も過ぎた頃、男嫌いの照美が唯一尊敬している外科医の池田が日曜日に訪ねて来た。

「どう、男嫌いの君の一人暮らしは?」

「はい、快適です」

「負け惜しみじゃなくて？」

「もちろん負け惜しみじゃありません」

「そう、やっぱり強い照美嬢か」

「先生はわたしのこと偵察にいらっしゃったんですか？」

「あははは、偵察に見えたかな。僕も学生の頃人嫌いで寮に入らず、ひとり暮らしをした経験から君はどうしたかな、と思って。それにマンションはアパートと違って、本当にひとりって感じだからね」

「それが最高なんです」

「強いんだね」

「先生時々遊びにいらっしゃって下さい。お子様をお連れになって」

「ほう、子供は嫌いって言ってたんじゃないの」

「違いますよ、子供連れの方なら兄か親戚に見えるでしょう」

「君でも気を遣うんだね」

「当たり前でしょう。わたしは独身女性です」

「やっぱり。か弱き女性に違いなかったとひとり暮らししてわかった」

池田はこの強がり薬剤師を前から可愛いと思っていた。どのように強がっても女性は女性。これは女性を軽蔑しているのではなく、いとしく思っていたからこその気持ちから来ているものだった。

「万葉時代の結婚形態は、妻問い婚で夫婦別居が原則で、女のもとに男が通った、ということ知ってる」

池田はひざの上に照美をのせ、後ろから彼女の背中を自分の胸に引き寄せた。今までの照美だったら「嫌」と言って立ち上がったのに、彼女はそのままの姿勢でいた。外科医の白衣の胸でなくセーター姿の彼の胸は、ひとり暮らしをし、初めて知った彼女の淋しさを慰めてくれるのには十分だったのである。

「先生ありがとう」

照美は自分でも思ってもいなかった言葉を吐き、くるりと向きを替えると彼と向かい合い、彼の胸に、顔を埋めたのである。それから池田外科医と照美は、一か月に一回だけの通い婚を、続けた。彼は家庭を壊さず外科医としての信頼を損なわず、照美は独立した生活を確保し、月に一日だけの彼との熱い秘密によって、心は潤され、誰にもわからずに通い婚は続いたのである。

門田家に植木屋が入り、今まで恵子が出していたお茶とお菓子を仁美が出すようになり二年が過ぎた。新客に訪れてから一年ぶりに来た恵子は、もう大きなお腹をかかえていた。その年の八月、女の赤ちゃんが産まれ、義父母の喜びようは最高に達していた。外出好きの義父も赤ちゃんと恵子が病院から帰り、一か月間門田家にいた時は、外出もせず孫のベッドにつきっきり、

「可愛い子ちゃん、よしよし、バアー」

と、毎日話しかけ、すっかりおじいちゃまになってしまい、その姿を見て義母と恵子は大笑い。仁美も赤ちゃんを抱きに行った。ふわふわとして、可愛い瞳でじっと仁美を見つめたり、大きなあくびをしたり。仁美はこれがわたしの赤ちゃんだったら、と思わずにはいられなかった。

「お父さん、お宮詣りの産着《うぶぎ》は奮発して下さいね」

「母さんにまかせるよ」

「夏だから絽《ろ》の産着《うぶぎ》かしら」

義父母の家からは、笑い声と元気な赤ちゃんの泣き声が昼も夜も聞こえて来た。夫の良

一は、一度も妹の赤ちゃんを見に行かなかった。やっぱり良心がとがめるのかしら、と仁美は意地悪い心で夫を見つめていたのである。

一か月過ぎた日曜日、恵子の夫・菊地が迎えに来た。義父母は孫と別れがたく、

「時々春奈ちゃんを見せに来てね」

と、何回も繰り返し言っていた。

「お父さんもお母さんも是非東京へ遊びにいらっしゃって下さい。お義姉さんもお義兄さんとご一緒にいらっしゃって下さい。大変お世話になりました」

と、言って車で帰って行った。

去った後の気が抜けたような義父母の姿に仁美は、孫はこんなに可愛いものなのだ、と思った。わたしも子供が産めたら義父母や実家の両親にも喜んでもらえたのに、と思うと夫に対してむらむらと憎しみを抱くようになっていたのである。

わたしは子供がいて、パパがいて楽しい家庭を夢見たからこそ、結婚願望が強かった。家なんか小さくたっていい、借家だっていい。とにかく子供が欲しかった。それも夫の病気のために出来ないと思うと、なおさら自分の体は子供を産めるのにと、三十歳になってしまった自分に焦りを感じた。もっと早くこの家を出て別な人と結婚すればよかったのだ

ろうか？　人形づくりに精を込め、辛抱した自分が哀れな人間に思え、仁美は気がおかしくなりそうだった。夜になると赤ちゃんを盗んで来た夢を見たり、野原に立って赤ちゃんを抱いていたらあなたの子じゃないでしょう、と取り上げられた夢を見たり……仁美はとにかく普通の女性のように赤ちゃんが欲しかったのである。

弘美に電話して悩みを話しても、

「ごめん、今忙しくてちょっと待ってね、後でわたしのほうから電話するわ」

と、忙しそうだし、独身の照美には相談する気にはなれなかった。仁美は次の日から裁ちばさみで人形の足を切り、次の日は手を切り……と、次々と切り刻んでいったのである。

良一は驚いた。仁美は気が狂ったと思った。

「病院に行ってみよう」

と、精神科に連れて行こうとした。

「病院に行くのはあなたのほうでしょう」

この時初めて仁美は良一に逆らったのである。

良一はこうした仁美を慰めようと、仁美の誕生日に結婚十年目を祝って、

「指輪を買ってあげよう」

と、わざわざ新幹線で上京し、妹の嫁ぎ先であるジュエリー菊地に仁美を連れて行った。仁美は彼の両親と妹に言われ、それを実行しているのに違いないと思うほど、この頃は夫に対して冷めた感情をどうすることも出来なかったのである。ダイヤ、サファイア、ルビー、エメラルドの目を見張るばかりの美しい輝きにも、仁美は感動しなかった。特別ケースに飾られている作家の極上のデザインのジュエリーには、

「本当に素晴らしいデザインばかりですね」

と、心にもないお世辞を言った。

イヤリングと指輪とネックレスと揃ったルビーのジュエリーを、菊地は揃え、

「これは仁美さんにお似合いですよ」

と、勧めた。

「わたしはこのような美しいルビーでなく、わたしの子供が欲しいのです」

と、仁美は言うと、驚く良一を後にして店を出てしまったのである。恵子はとにかく兄に、

「早く追いかけて」

と言って、兄に仁美を追うことを頼み、異様な顔をしてる夫・菊地に、

「義姉は可哀そうなのよ」

とだけ言った。菊地は仁美が子供が出来ない体なのだと解釈した。世間の人はすべてそう思うのが当たり前なのである。

仁美は一週間帰って来なかった。良一は恵子に言われた通り、両親には「久しぶりに実家に帰った」と言った。

月曜日、銀行から良一が帰宅すると、

「お帰りなさい」

と、仁美は以前と変わりなく家にいた。切り刻んだ人形は、きれいに片付けられ、わからないようにしてあった。義父母の家には実家からのお土産として、ワインが届けられていた。仁美はどこに行っていたのか、帰って来てからは以前同様の明るさを取り戻していた。子供が欲しいなどと言わず人形づくりも再開した。いつもより外出は多くなったけれど、良一にも義父母にもあまり気にもならないような時間だったのである。

庭の白もくれんの花が今年は見事に咲いた。コバルト色の空の下、コバルトと白もよく合うと思い、仁美は今度制作する母と子の人形の赤ちゃんの白い肌に、水色のベビー服を着せようと思っていた。ふくよかでこぼれるような愛情に満ち溢れた母親の顔こそ、むずかしいように思えたけれど、仁美は見事にその顔を描いたのである。彼女のお腹の中には彼女の子供が宿っていた。いち早くそれに感づいたのは義母だった。

「良一、あなた治ったの」

「治ったんだ。母さんに心配をかけてすまなかったのに、早く報告しなくてごめんね」

良一は母よりも早くから感づいていたのである。入浴の際前と違った仁美の姿に、もしかしたらと一か月前から気付いていた。が彼女には怖くて聞けなかった。誰にも言えず一人で考え悩んでいた。今、銀行は大変な時期。仕事のミスは絶対に許されず、リストラの話で、全員神経が針のような銀行内では、妻のことはすっかり忘れるようにしていたのである。

「お父さん、良一夫婦にも子供が出来るんですよ」

「えっ本当か。そりゃよかった。良一も男になったか」

「そう思いますか?」

「どういう意味だね」

母は黙ってしまった。良一は誰にも相談することなく、考えに考えた結果、十年間我慢に我慢した妻が男をつくり、男と共に家を出て行ってくれたほうがまだよかったのかもしれない。むしろそうして欲しかった。仁美のお腹の中にいる子供の父親は全く不明であり、妻に問いただしてもおそらく言わないであろう。そうだったらすべてを詮索せず、黙って自分の子として籍を入れ、本当の親子になろうと決めたのである。義母は娘の恵子にしか疑問の心を言えず、

「本当に良一の子かしら？」

と、電話した。

「お母さん、お兄さんが自分の子だと言っているのだからそれでいいんじゃない。本当か嘘か、たとえ嘘であったとしても、お兄さんの心が決まっているのだから、周りからとやかく言わないほうがいいと思うけど」

それが恵子の言葉だった。女性の憧れのダイヤモンドより、ルビーより、エメラルドより、赤ちゃんが欲しかった仁美を思うと、恵子は何も言うことはなかったのである。

仁美の母と子の人形は出来上がった。母親に抱かれた赤子は丸々と太り、その子を抱く母親の愛情あふれた顔は、人形にあまり興味のない良一が見ても素晴らしかった。

「良く出来たね」

彼はしばらくぶりで妻に声をかけた。

「あなた、ありがとう」

仁美の目から溢れる涙がこぼれ落ちた。

「泣かなくていいよ」

やっぱり夫は心からやさしく、童子のような人なのだと仁美は思った。

「わたし、七月に赤ちゃんを産んでもいいかしら?」

仁美はやっとの思いで言った。許されず追い出されてもいい。そうなったらこの子と一緒にこの家を出ようと覚悟は出来ていたのである。

「やっぱり妊娠してたんだね」

「ごめんなさい、どうしても子供が欲しかったの」

「僕だって悩んだよ」

良一の目に光るものを見た仁美は、どうすることも出来ず、

「あなた、許して」

と、言うと良一を母親が我が子を抱くように抱いたのである。夫の目に涙が溢れている、この人は外見は男でも中身は男の子なのだ。だからこうして、わたしのお腹の中の子の父

親も聞かず、嫉妬すらしない。

「二人の子として育てよう」

良一は言ってくれた。

「あなた、ありがとう」

仁美はとめどなく落ちる涙をどうすることも出来なかった。ぐしゃぐしゃに濡れた顔を、夫の顔につけ、子供のように泣いたのである。

長い梅雨があけ、七月のまぶしい太陽がまだ咲き残っている紫陽花の花に照りつけ、この頃は蝉の鳴き声も少なくなった義父母の庭の緑だけは繁っていた。夕べから痛み出した仁美は、翌朝産院で目のくりくりした女の子を出産した。昨夜から付き添っていてくれた実家の母は、

「十年ぶりの赤ちゃんだから宝物のようね」

と、大喜び。忙しい中を照美、弘美も駆けつけてくれた。

「仁美、おめでとう、本当によかったね」

「ありがとう」

仁美は嬉しかった、わたしも母親になれた。この後どんなことがあってもこの子と強く

生きて行こうと思った。

「まあ、くりくりした大きなお目め、可愛いこと」

義父母はふたり揃って来てくれた。

「おめでとう仁美さん、良一も大喜びだろう、可愛いなあ」

義父は大事そうに赤ちゃんを抱き上げた。夕方になって顔を出した良一は、黙って仁美の手を握った。仁美は、

「あなた、ありがとう」

と言う言葉しか出なかった。彼は病室の赤ちゃんベッドの中の赤ちゃんを見て、

「生きているお人形のようだね、可愛いよ」

と、言ったけれど抱こうとはしなかった。仁美は『可愛いよ』と『可愛いね』というよとねの違いをふと気にしてみたけれど、この子が成長しやがて「パパ」と言えるようになった時、彼はきっと本当に可愛いねと言ってくれるだろうと思っていた。小さい顔を赤くして、どくんどくんと一生懸命母乳を飲む、乳首に吸いついた小さな唇、吸われるたびに全身に響く快感。お腹いっぱいになると、すやすやと眠りながら乳首からするりと離れた唇は眠っていてもぷくぷくと動かしている。まだわたしのお乳を飲んでいる夢を見ている

のかしら、と仁美の心は母親になれた喜びと、どうしようもない赤ちゃんの可愛さに、嬉し涙が溢れるのであった。名前は良一が薫子とつけてくれた。退院し一週間ほど経ってから恵子が出産祝と共に、将来のため幸多かれ、と薫子に珊瑚のブレスレットをプレゼントしてくれた。

「ご出産、おめでとうございます」

「恵子さん、ありがとう、ご主人様によろしくお伝え下さい、あの時大変な失礼なことをして申し訳ございませんでした」

「あのことは気にしないで。両親の知らないことだし、わたし達四人の秘密よ」

「ありがとう恵子さん」

仁美の目に涙が光った。良一と同様恵子さんもやさしい人なのだ、と仁美は本当に幸せだった。

退院二か月後、仁美の〝母と子〟の創作人形が優秀賞に輝き、仁美は人形作家の師範免状をもらったのである。

良一は父親となり、銀行でも昇格し、誰一人彼の病気など知る人もなく、義父母の喜びも大きかった。

「赤ちゃんがいては人形づくりもむずかしいけれど、徐々に今度は師範の道を歩いてね」

この頃薫子の顔を見に時々訪れる義母は、嬉しそうに言ってくれた。

「はい、ありがとうございます」

仁美はあたたかい家族の心に包まれ、薫子に愛情を注ぎ育てることが出来、幸せいっぱいだった。


「そのうち子供連れの三美会を開くわよ」

と、照美から連絡を受けた弘美は男の子二人の母親になっていた。四歳と二歳の男の子はとにかく活発で、弘美は毎日大声を上げ通し、夫の上岡は子供好きで元気が何よりと、子供と遊んでくれるので、その時だけは弘美もほっとしていた。一年前勤めをやめ自動車修理店を始め、男性ひとりを雇い、自動車ばかりでなく、バイクから自転車まで修理する店だった。弘美も自転車のタイヤ取替えや、バイクのライト取替え、自動車磨きなど店の中での夫婦共働きである。もともと健康なふたりは風邪ひとつ引かず稼ぎまくった。あれほど結婚に反対した父親も、車の具合が悪いと顔を出し、次第に上岡と親しくなっていった。というより、二人の孫へ土産を持ち、逢いに来るのが楽しみだったのである。

「おじいちゃん、おじいちゃんは笑うとどうして顔に線が出来るの？」

「あっははは、線か。いくつあるか数えてごらん」

「ひとつ、ふたつ、はい笑って、笑わないとわからないよ」

「そうか、よし笑うよ、あはははは」

弘美も父が来てくれると子供達と遊んでくれるので有難かった。子供達もおじいちゃんが見えると大はしゃぎ。お土産をもらうより遊んでもらえるのが何より楽しかったのである。お嫁さんが産んだ孫より、娘が産んだ孫のほうが可愛いと、昔から誰となく言った言葉通り、弘美の産んだ孫は初孫ではないのにもかかわらず弘美の父にとっては、可愛くて目に入れても痛くない孫達だった。頑固に結婚を反対した父が孫が出来たとたんに変わることは、弘美も想像もしていなかったことであった。

仁美の出産祝に病院で会って一週間も経たないうちに、照美が弘美の家を訪れた。

「ちょっと心配で来たのよ」

「待って、今出るから。あなた、一時間ぐらい出かけて来ます」

弘美は照美の車に乗り込んだ。

「幸せそうだもの心配する必要ないんじゃない」

照美は自然公園に行く途中の、広い道路の端に車を停めると、

「そりゃあ、そうだけど、あの赤ちゃんの目、見た?」

「くりくりした可愛い目でしょう。わたしもちょっとだけ気にはしていたけれど、本人の仁美がわたし達より平然としているのだから、気にする必要はないんじゃない」

「そりゃあそうだけど」

「とにかく仁美だって、追い出されてもいいと思って仁美自身が決めたことなのだから、わたし達はもう気にする必要もないし、忘れるしかないのよ」

「弘美にそう言われて、少しは気持ちが軽くなったけど」

「一人でいるからよ。わたしのように子供ふたりかかえて毎日育児と店の仕事に追われていると、思い出すこともないわ」

「ありがとう弘美、忙しいところ邪魔したわね」

「とんでもない、時々そういう心配事でなく遊びに来て、いたずら坊主がいるけど」

「弘美はえらいよ」

「わたしは、こういうがやがや忙しい人生が合ってるだけよ」

「じゃあ元気でね」

「照美もひとりでもしっかり食べて、体に気をつけてね」

「ありがとう」

照美は弘美に逢ったことで、心の中の薄い暗雲が取り掃われた気がしたのである。それは唯一の信頼する外科医・池田にも言えないことだったからである。


子供達に嬉しい夏休みが近づいた。照美は夏休みを二日取って、今年こそは池田と過ごしたいと思っていた。池田の子供達は高校生と大学生になり、家族旅行より友達との旅行のほうに興味があった。

「ねえ、車で別々に行って別々に帰る一泊旅行はどうかしら?」

「車の中だって、ひとりよりふたりのほうが楽しいよ」

池田の手はもう照美の体を抱いていた。

「じゃあひとりが電車で途中まで行くとか」

「そうね。僕が電車で行こう。学校の夏休み前がいいね。夏休みになると病院も忙しくなるから」

「そうね、ひなびた温泉がいいわ」

照美は温泉の中で彼に抱かれているような気分になっていた。

「暑いから涼しくなろう」

と、池田は照美の手を取り浴室に入り、窓を閉めシャワーの栓を開けた。冷たい水は心地よくはねて、二人の汗を流してくれる。

「結婚すると夫婦でするの？」

「しないよ」

「どうして？」

「どうしてかな、僕はずるくて悪い人間だね」

「そんなこと言わないで」

照美は、わたしは男嫌いでなく、本当は男好きなのかしら、と彼と逢うたびに思う。でも彼を独占したいとは思わない。責任もない煩わしさもない快適な交際を好んだ。彼の前では不思議と羞恥心がなくなる、照美はシャワーで濡れた体を彼の濡れた体に付け、甘えたのである。

門田家の義妹、恵子に二人目の赤ちゃんが産まれた。今度は男の子で夫・菊地は跡継ぎ

が出来、大喜び。可愛い盛りの春奈は、四か月になった薫子を、

「可愛いかおちゃん」

と言って義父母の家より仁美の家のほうへ毎日遊びに来ていた。

「春奈、幼稚園に行ってるのよ。年少組のチューリップよ」

「そお、だからお利口さんなのね」

「幼稚園に行かなくてもお利口よ」

仁美は、幼児だと思ってうっかりしたことは言えないと思った。

「かおるちゃんでいいのにどうして、薫ちゃんに子がつくの」

「かおる子という名前なのよ」

「そうなのか、長くて大変ね、おばちゃん、うつすっていくつあるか知ってる?」

「いくつあるの?」

「写し絵と、水に顔が映ると、さっきおばあちゃんが病気が移ると大変て言ってたから三つかな」

「春奈ちゃんはすごいわね」

「じゃあ、おばちゃん、はれたっていくつあるか知ってる?」

「春奈ちゃん教えて」

「あのね、お空が晴れたでしょう。それから歯が痛くて頬が腫れたでしょう。それから画用紙に折り紙がきれいに張れたって言うでしょう。もっとあったらおばちゃん見つけといてね」

「わあーすごい、おばちゃん見つけられるかしら」

「頑張れば大丈夫よ」

「はい頑張ります」

仁美は驚いた。可愛く幼いのにすごいと思った。わたしも勉強しないと。薫子に質問されても、わからないではいられない。賢い母親にならなければと思ったのである。

恵子が退院すると義父母の家は賑やかになった。男の子の泣き声は女の子と違って元気がいい。春奈は夜眠れないと不機嫌なので、仁美の家のほうへ泊まりに来ていた。

「春奈ちゃんはお姉ちゃんになったのね」

「男の子だからつまらないわ」

「どうして」

「だってお人形遊び出来ないでしょう」

「薫子が大きくなったら遊んでちょうだいね」

「はあーい」

薫子も春奈ちゃんが顔を出すと、目をキラキラさせて手を振り、全身で喜びを表すのである。

「やっぱり子供は子供が一番好きなのね」

仁美はつくづく思ったのである。恵子は菊地の車に乗り帰って行った。春奈ちゃんもいなくなり急に淋しくなった。子供は一人でなく少なくも二人いなければと仁美は思ったけれど、それは到底無理なことだった。一人だっていないよりは嬉しい、この子によって、わたしの心もまるで変わり、主人にも前よりやさしく出来る。仁美は夫のためお弁当を以前より真心こめてつくり、薫子のため母親学級に通い、明るく活気に満ちた生活を築いていったのである。


クリスマスが近づいた。いつもの年とまるで違う今年のクリスマスは、仁美の心を弾ませた。

「薫子にクリスマスプレゼント何がいいかしら?」

毎日銀行の仕事で疲れている良一に、比較的ゆっくり出来る日曜の午後聞いてみた。

「君にまかせるよ」

ちょっと淋しい言葉だったけれど、仁美は挫《くじ》けずに、

「おもちゃより洋服がいいかしら？」

「まだ、よくわからないいんじゃない」

「そんなことないわよ。あなたちょっと見て」

と、言って薫子をおえんとさせに仁美は、

「へお星さまキラキラ……」

と歌うと、小さな両手を出し手のひらをくるくる回してキラキラをした。薫子の可愛い仕種にさすがの良一も、

「上手、上手」

と言って手をたたいてくれた。

「薫子ちゃん、パパよ」

仁美は薫子を抱いて、ソファーに腰掛けている良一の膝の上に乗せた。薫子は嬉しくて全身を上下に動かし、パパの膝の上で両手をキラキラさせた。良一には異様だった。初め

て感じた薫子の柔らかく小さい体。妹・恵子の小さい頃は知っていたけれど、七歳年下の妹は、ただ小さい妹ぐらいにしか思っていなかった。兄妹喧嘩ひとつしなかった。小学校、中学校時代の生意気な妹とは話したくもなかったのである。良一は薫子をそっと抱いてみた。乳臭い。でもあの赤ちゃんの時とは違う、人の子の感触があった。

「薫子ちゃん、パパよ、パパですよ、パパに抱っこしてもらっていいわね」

仁美は一生懸命だった。何も知らない薫子は良一の膝を可愛い足でぴょんぴょんと蹴っていた。

「あらあら、薫子ちゃん珍しくパパに抱っこしてもらって、ご機嫌だこと。玄関の鍵が開いていたから黙って入って来たわ。薫子ちゃんの初めてのクリスマスプレゼント。おじいちゃんが何がいいか聞いて来いって言うから来たのよ」

義母は良一の膝の上から薫子を抱き取ると、

「ほら、高い高い」

をした。薫子は、

「はははは、くくくっ」

と、大声を出して笑った。

「嬉しい嬉しい。さあ、おじいちゃんが待ってるから行きましょう」

薫子は義母に抱かれ、義父母の家へ行ってしまった。仁美は良一の手を取り、

「一緒に行きましょう」

と誘い、二人は義父母の家に行ったのである。

「やあよく来たね。良一は勤めが忙しいのか、あまり顔を出さないから、まずは薫ちゃんを誘拐するように、ばあさんに頼んだんだよ、あははは」

義父は上機嫌だった。

「今夜はこちらで一緒に夕食にしない？　材料は買ってあるから」

「まあ、ありがとうございます。じゃあ私も支度して来ますから」

仁美はエプロンを取りに行き、誰もいない我が家の鍵をしめた。

「若い人にはすき焼きがいいと思って、すき焼きにしたのよ」

「あらすみません、すっかり出来上がっていて」

仁美は急いでテーブルを拭き、食器を並べた。

「さあママが食べるとママのお乳からすき焼きの栄養が出て、薫子ちゃんもそのお乳を飲むと、おばあちゃんが作ったお料理を食べたことになるのよ」

「そうか、薫ちゃんそれはよかった。おいしいお乳が飲めるよ」

義父は膝の上に薫子を乗せ、

「はい、結んで開いて、手を打って結んで」

と、子供のようになって教えていた。良一の仕方なさそうな笑みに、

「良一、父親は仕事に疲れて帰って来ても、我が子の顔を見ると疲れが取れるんだよ」

「あらあら、おじいさんになって急に子供好きになって、良一や恵子の時は連れて出かけようともしなかったのに」

義母に言われ、

「すまん。あの頃は忙しかったからね。今のように土曜日も休みではなかったから。良一、子供は一人じゃ淋しいからもう一人つくるといいよ」

「まあおじいさん、つくるなんて。お人形じゃないのよ」

仁美は明るい義父母の会話を聞いて、わたし達も年老いたらこのような夫婦になりたいと思ったのである。

クリスマスイブ、義父母からそれは可愛い薫子のピンクの洋服が届けられた。

「まあ、何て可愛い服なんでしょう、ありがとうございます」

仁美は嬉しかった、そしてその洋服に合う帽子を買ったのである。実家の両親からは何でも沢山あるだろうから、これで好きな物買ってあげてね、と手紙の中にお金が入っていた。

「幸せな薫子ちゃん、生まれて来て良かったわね」

仁美は怖いほど幸せだったのである。

新しい年になった。お正月休みにゆっくりした良一は、あれ以来薫子を膝の上に抱くことが多くなった。六か月になった薫子は、赤ちゃんの顔から幼児の顔になり、離乳食を食べるようになっていた。三月三日のお節句祝として実家から七段飾りのお雛様が贈られた。飾られたお雛様を見て薫子は手をたたいて喜んだ。這い這いをしつかまり立ちをするようになった頃、義父母は恵子達夫婦と温泉旅行に出かけていた。

「ねえ恵子、お父さんには内緒だけど、薫子の丸い大きな目、誰に似たと思う?」

義母は恵子にしか言えない疑問をふともらした。

「そうね。門田家は皆普通の目だし、あちらのおじいさんに似たんじゃない?」

「大きな目してたかしら」

「もう六十三歳でしょう、丸い目も細くなるわよ」

「それに口だって仁美は小さいのに、大きな口をしてるのよね」

「そうかしら」

「わたしは今でも良一が治ったこと、信じられないのよ」

「お母さん、夫婦仲が悪いわけではないのだから、心配しないほうがいいわよ」

「でも父親が良一じゃなかったらどこのどんな男性と、と思うと腹が立つし、それを知らばっくれて平気でいられる仁美という女の心が憎いと思わない？」

「つまらないことといろいろ考えないで、二人の子供と信じちゃえばいいのよ」

「あなたものん気ね、門田家の娘になるのよ」

「じゃあ、もらいっ子すればよかったんじゃない」

「そうよね、そうすれば確かによかったんだけど」

「お母さん、そんなこと心配しないで。お父さんと二人健康に気を付けて、長生きして下さい」

母は嫁・仁美が、あのやさしい息子良一をないがしろにして他の男性に抱かれ、身ごもったというういやらしい思いが、腹立たせているのかもしれない、と思った。恵子は母の性格をよく知っていたからこそ、話を変えようと努力したのである。

「今年の七月こそ三美会をやるわよ」

照美の招集で弘美は三歳と五歳の子供を上岡に預け、仁美は薫子を連れて塩原温泉に集まった。

「弘美、坊やは連れて来なかったの」

「連れて来たら大変よ、部屋中走り回ってじっとしていないもの」

「じゃあ預けられたご主人は大変ね」

「一晩ぐらい大丈夫よ」

「照美、弘美ありがとう。おかげさまで薫子二歳になりました」

「早いものね、可愛くてどうしようもないでしょう」

「ええ、とても可愛いわ」

「で、ご主人は?」

「元気よ。この頃だっこもしてくれるようになったの」

「よかったわね」

照美も弘美も声を揃えて言った。

「今、三人きりだから聞くけれど、仁美、最初からご主人大丈夫だったの？」

照美の言葉に、

「最初は随分悩んでいたようだったけれど二人の子として育てようって言ってくれたの」

「やさしさだけでは出来ないことよね」

「照美、だから心配しないほうがいいって、わたし言ったでしょう。それより今夜夕食会が済んだら、カラオケに行ってみない？」

弘美の誘いに照美、仁美は久しぶりのカラオケに賛成した。

「薫子ちゃんはどうする？」

「連れて行くわ」

「大丈夫かしら」

「大丈夫よ、歌や踊り大好きよ」

カラオケバーには年輩のご夫婦二組が、楽しそうに歌っていた。弘美達三人が行くと、

「あら、可愛いお嬢ちゃんも来たの？」

と、一人の婦人が笑顔で迎えてくれた。薫子は嬉しくて音楽に合わせ、ソファーに摑まり体を動かし、首まで振っていた。照美は得意の『恋人よ』から始まり、弘美は演歌、仁

美は大好きな美空ひばりの歌をそれぞれ歌った。

「こうして三人でカラオケに来たの八年ぶりじゃない」

弘美の言葉に、

「そうよね、もう来られないかと思ったわ」

「仁美、そんな悲しいこと言わないで」

三人はそれぞれ思い切り歌い合った。嬉しそうに踊っていた薫子は、気持ちよさそうに
ソファーに眠ってしまったので、仁美はふたりよりひと足先に部屋に帰り、薫子を寝かせ
自分も眠ってしまったのである。

朝早く目が覚めた薫子を連れ、仁美は朝風呂に入った。

「お家のお風呂より大きくていいわね」

薫子は、

「大きなぽちゃぽちゃ」

と言って大喜び。仁美は照美や弘美といる時より、薫子と二人の時のほうが楽しかった。

特別暑い夏が来た。気温三十度の日が続き、薫子のあせも対策に奮闘した。夫・良一は

昇格し支店から本店勤務になり、車で五分ぐらい多く通勤時間がかかるということで、出勤も前より五分早く、帰宅は一時間ぐらい遅くなった。

「お弁当は悪くなるといけないから、外食にするよ」

と言う良一の言葉に、暑さ負けしないよう梅干しを、

「食べてね」

と言って毎日小さな器に入れ渡していた。お酒もビールも飲まない夫の暑気払いは、梅しぼりがいいのかしら、それともかりん酒なのかしらと、気を配った。

「銀行内は冷房が効いてるから大丈夫だよ」

夫の言葉にほっとはしているものの、職場が変わって気配りが大変と思い、歩けるようになって「パパ」「ママ」と言えるようになった薫子を疲れているような時は、夫に近づけなかった。そんな時、育児で疲れしばらく夢を見たことがない仁美が、七月末のある暑い夜、夫・良一が救急車で運ばれる夢を見たのである。驚いて目が醒めて時計を見るとまだ午前四時だった。仁美は思わず、

「獏に食わせろ、獏に食わせろ」

と三回言ってお呪いをした。ところが二週間後の月遅れお盆の十三日午後六時四十五分

頃。電話を受けた仁美は、病院から夫の交通事故を知らされたのである。急いで義父母に知らせ、病院に車を走らせた仁美は、夫・良一の変わり果てた姿を目にし、

「パパ、あなた、あなた」

と、泣きくずれ、悲しみというより、こんなこと嘘だ、わたしは今、夢の中にいるのだと思った。間もなくかけつけた義母の、

「良一どうしたの？　目を開けて!!」

と泣き叫ぶ声に、本当に夫は逝ってしまったのだと正気づいたのである。義父は病院の医師や警察の人、事故の相手方との話を冷静に聞き、泣き崩れる母親と仁美にそのことを今話しても無駄と思い、とにかく娘夫婦から親戚や町内組内に連絡したり、一人で動いていた。そうした義父の姿を見、仁美も実家の両親に薫子を頼み、悲しみを堪え、お通夜の準備から葬儀の準備を父の言葉に従って動いたのである。

「どうしてこんなことになってしまったのかしら？　まだ若いのにね。品行方正のお手本のような人だったのに」

実家の両親も悲しんだ。

「良一、良一！　母さんよ、目を覚ますのよ！」

と、口走っていた義母は、医師の注射により、ぐっすりと眠った。恵子は二人の子を夫に預け、父や仁美と共に手伝いながら、

「仁美さん気をしっかりね」

と励ましてくれた。

良一の葬儀の日は不思議と曇りの日だったので、照りつける太陽もなく、パラソル不要で終った。義母は昨日からの薬が効いているのか、ふらふらした歩き方をし、虚ろな目をしていた。弘美と照美は仁美に、

「ご愁傷さまでした。しっかりするのよ、仁美」

としか言えなかった。薫子だけが大勢の人が集まっているのを見てはしゃぎ、特に春奈と遊べるので大喜びしていたのである。若い人の葬儀はどうしようもない悲しさを参列してくれた大勢の人達に与え、暗くするものである。まして逆さを見たその本人の両親と、夫に先立たれた妻の姿はたとえようもなく悲しかった。

初七日、四十九日忌が過ぎて仁美はやっと夫・良一は本当に帰らぬ人となったのだ、と思えるようになった。夕方車の音がすると（あら、帰って来たわ）と思う毎日が続き、

「薫子ちゃん、パパのお帰りよ」

と口まで出そうになる言葉を飲み込んだ。朝食も夕食も夫の好きな物をつくり、陰膳を供えた。仏壇は義父母のほうにあるので、毎日薫子を連れ、お線香を上げに行った。お花はいつも義母があげていた。お墓参りも薫子を連れ、一日おきぐらいに出かけた。十月の季節のよい時に、仁美は悲しみを紛らすため、人形創作を始めようかと思い先生の家を訪れた。

「このたびはいろいろとありがとうございました」

「まあ門田さん、よく来てくれたわね。薫子ちゃんのためにも早く立ち直って。少しの間自分でつくらなくても、遊びに来て皆さんを教えて下さい」

「はい私もそうしたいと思います」

家に帰った仁美はその夜、義母に呼ばれ薫子を連れ、義父母の家を訪れた。珍しく応接間に通された仁美は、

「おお、薫ちゃん、おじいちゃんのところへおいで」

義父はそう言うとテレビのある義父の部屋に薫子を連れて行くのを見て、変だと思った。義父が見えなくなると、義母の口から驚いた言葉が出たのである。

「仁美さん、薫子は良一の子ではないでしょう?」

「いえ、良一さんの子です」

「わたしは、そうは思えないけれど」

「間違いなく良一さんの子です」

仁美は義母が何と言おうと、薫子は良一の子と心の奥で信じていた。

「あなた、嘘つきね。正直な人だと思っていたのに」

仁美は今まで仁美さんと言ってくれた義母が急にあなたと変わったことに驚いた。

「良一の子だと思っているだけでしょう。何より証拠に薫子のあの大きな丸い目は誰に似ているのかしら?」

「ご先祖様です。どなたかわかりませんけれど」

「まあ、おほほ。お上手ね。でもいいわ。良一がいなくなった今となっては、もう仁美さんは門田家に必要ない人なのよ」

仁美は驚きのあまり、何と言ったらよいのか、しばらく言葉が出なかった。

「私に家を出て欲しいとおっしゃっているのでしょうか?」

「その通りです。その代わり良一の生命保険の、あなたが受取人になっている四千万はあげますから。正直言ってあなたの顔をもう見たくないのよ。良一を騙して外の男に抱かれその男の子を産んで、何もなかったように平然とよくしていられたわよね。それにこれだけ言われても、謝らないで『良一の子です』と言い張るのだから。あなたは怖い人ね」

仁美はここまで言われてまで、この家にいるわけにはいかないと思った。良一の亡きあと仁美は、あまり若くない義父母に、良一の代わりに親孝行をしようと思っていたけれど、わたしの顔を見たくないのでは、どうすることも出来ない、と思った。

「お母様のおっしゃる通りにいたします」

「これでわたしの話は終りです。お父さん終りましたよ」

義父は眠ってしまった薫子を抱いて入って来た。三人の異様な沈黙が続いた。

仁美はしばらくして、

「お父様、お母様。本当に至らない私を、長い間ありがとうございました。良一さんのご冥福を一生祈り、お父様お母様の少しでもお役に立てたらと思っていましたけれど……」

仁美は、泣くまいと思っていたが止めどなく涙が頬を流れた。

「その涙よ。良一が騙されたのは」

「母さんもう言わないほうがいい」

義父は困った顔をして義母をとめた。

仁美はその夜、実家の両親に電話をした。が、良一の病気のことと、薫子が良一の子ではないことだけは言わなかった。驚いた母親は、

「家に帰って来てもいいけれど、世間の人は、夫に死なれたら年老いた両親の世話をするのが嫌で、あの嫁は子供を連れ、出てしまった、と言うでしょうから、実家より少し離れたところに一時部屋でも借りたほうがいいかもしれないわね」

と言い、父親は、

「顔も見だくないと言われるほど、仁美はあのお母さんに嫌われていたとは思えなかったけれど、人の心の奥なんてわからないものだね」

と、言った。

「顔も見たくないと言われたのでは、せめて一周忌までとも言えないしね」

「心配かけてごめんなさい」

「一生のうちにはいろいろなことがあるのよ。でも薫子を置いていって欲しい、と言われないでよかったと思わなければ。お父さんと部屋を見つけておくからね」

「世話になる時だけしか電話しないでごめんなさい」

「そんなこと、気にしないのよ。体に気をつけてね」

仁美は照美と弘美には黙っていようと思った。これ以上心配はかけたくなかったからである。

暑いと思った夏も去ってしまうと淋しかった。紅葉の季節が来て夫・良一とは新婚旅行以外どこへも行かなかったけれど、日帰りで一度日光の紅葉を見に行ったことを思い出した。仁美は門田家を去る前にお墓参りをし、また来ます、と良一に約束した。

両親が見つけてくれたアパートへ越したのは十一月中旬になっていた。義父母に挨拶に言った時、

「門田の姓は名乗らずに旧姓になって下さいね」

と、義母に言われた。創作人形の師範免状を門田仁美から山本仁美に訂正してもらった。先生は何も聞かなかった。義妹・恵子にだけはお世話になったお礼と自分の気持ちを話し、お別れの電話をした。

「ごめんなさいね、父は、母の気持ちを直すことが出来なかったから、仁美さんや薫子ちゃんと別れるのとても残念がってたわ。でも仁美さん、兄のことは忘れて薫子ちゃんと新しい人生を歩いて下さい、わたしは仁美さんと薫子ちゃんのこと忘れないわ、元気を出して幸せになって下さいね」

と、言ってくれた。

大きな荷物は実家に預け、アパートには毎日使うような物だけ置いた。しばらくは亡き良一のお墓参りに行くことだろう。義父母もやがて年老いて、もし介護が必要になった時は、山本仁美として面倒をみる気持ちはある。幼い薫子はパパのことも、あの家のこともきっと覚えていないのではないだろうか？　仁美は薫子を淋しい子に育てないよう努力しなければと思った。

薫子は元気に保育園に通うようになった。仁美は人形教室へ水曜だけ顔を出し、水曜休日のスーパーのパートに出たのである。

「大丈夫、寒くない？」

と、言って実家の母が心配して来てくれた。

「ありがとう、お母さん。暮れで忙しかったからスーパーもわたしを雇ってくれて、ラッキーだったのよ」

「無理しないでね、年末年始の保育園が休みの時は、薫子ちゃん家に来てるといいわ」

「ありがとう。お世話になります」

「門田家にいる時は、わたしも心配しながらも、敷居が高くて行けなかったのよ、でも良一さんが真面目ないい人だから、安心し切っていたのが悪かったのね」

仁美は、わたしが薫子を心配するように、母はわたしを心配しているのだ、と母親が我が子を思う心をしみじみと感じた。わたしも薫子という子がいなければ、母親の気持ちがわからなかったかもしれない、と思うと薫子を産んだことは間違いではなかったと思ったのである。

「仁美、どうして話してくれなかったの？」

突然の弘美の電話に、

「ごめん、これ以上心配かけたくなかったのよ」

「追い出されたの？　それとも出て来たの？」

「自分から出たりしないわ」

「仁美のことだもの、そうよね。原因は薫子ちゃんのこと？」

「原因はわたしよ」

「照美も心配しているわ」

「大丈夫よ、元気だから」

「よかった。仁美強くなったわね」

「おかげさまで。母親になったからよ」

「よかった。あのことは無駄じゃなかったのよね」

新しい年が来た、何もかも新しくなった気持ちで仁美は新年を迎えた。スーパーは一日から始まった、仁美にとっては元旦から働くのは生まれて初めてのことだった。海外旅行から帰って来た照美は、お土産を弘美と仁美に持って仁美のスーパーが休みの一月九日、弘美と二人で仁美のアパートを訪れた。

「『あけましておめでとう』は仁美は喪中だから言えないのよね。弘美にだけ言うわ。はいお二人さんにハワイのお土産」

「ありがとう」

弘美、仁美は声をそろえて言った。

「いいわね照美は豪勢なお正月で。我が家は店を新築したローンの返済が大変なのよ」

「でも『宝物が二つあるわ』と言わないの？　ところで薫子ちゃんは」

「今日は保育園なの」

「でも仁美が門田家にいる時は、大きな家なのに遊びにも行けなかったけど、小さいアパートに越して来たら、こうして来られるなんて面白い心理よね」

照美はそう言って、小さいアパートを見回した。

「そうそう驚いたことがあるのよ、去年の暮れ門田家の前を通ったら、家がなく土地だけになってたのよ」

「えっ本当？」

仁美は驚いた。わたし達が住んでいた二階屋はまだ新しかったのだ。弘美は続けた。

「娘さんのところへ行くわけはないし、変だと思って実は隣の家で聞いてみたら、驚かないで仁美。家と土地も売って病院医療付き、温泉付きの養老院に二人揃って入ったんですって」

仁美はあまりの驚きに言葉が出なかった。

照美は、

「やっぱり門田家のご両親は、立派よね」

「どうして？」

弘美の言葉に、

「立派よ。子供の世話にならず、嫁に迷惑をかけず、夫婦仲良く医療付き温泉付きの暖かい所で老後を過ごすなんて、見上げたものよね」

「子供のいない照美の将来の夢なの？」

「夢じゃなく、そうしたいという希望。でもひとりじゃつまらないから、わたしも結婚しようかな」

「賛成。照美が結婚したら仁美大喜びよね」

「ええ、でも相手はいるのかしら」

「まあ失礼ね。年下の彼にプロポーズされてるのよ」

「あっそうか、その彼とハワイに行ったのね」

「当たりっ。さすが弘美は勘がいい」

照美は池田と別れ、薬局内の三歳年下の三井との結婚を決めていたのである。池田との交際で照美の女性の中の〝女〟が磨かれ、成長した。池田は照美が若い三井に好感を持ち始めたことを知り、去って行った。彼女の磨かれた女体は、若い三井を虜にした。男嫌いだった照美は、池田によって男好きに、完全なる女性に変身を遂げたのであった。

さあ、わたしの宝物を保育園に預けて明るく働きに出よう。仁美は前だけを見て、生きていく自信がついた。門田家の義父母は素晴らしくいい人だった。ごめんなさい、あなた。

照美、弘美、ありがとう。

著者プロフィール

藤咲 和子（ふじさき かずこ）

栃木県宇都宮市出身。

栃木県立宇都宮女子高校卒業。

女模様

2003年6月15日　初版第1刷発行

著　者　藤咲 和子

発行者　瓜谷 綱延

発行所　株式会社文芸社

〒160-0022　東京都新宿区新宿1－10－1

電話　03-5369-3060（編集）

03-5369-2299（販売）

振替　00190-8-728265

印刷所　東洋経済印刷株式会社

ISBN4-8355-5750-6 C0093